舒国治 著

遥远的公路

once
upon a highway

so long

中国 友谊出版公司

推荐序

舒国治在写这些美国游记文章时，我与他和几位朋友都在纽约同一地方厮混。我们都很佩服他能以《时报》副刊这么一点稿费，跑这么多地方，这么久，书写出那么多别致的情趣。我们仰望舒哥闲云野鹤的气质。

他写的都不是什么了不起的大事，但总能自辛苦不便的旅途中蒸馏出不凡的意境，从微不足道的杂物中道出个所以然。尤其是一些名不见经传的小处，甚或是夜间荒野，在他笔下尤见精彩。我想，必须是中文底子好、情怀浓的人才能写出新大陆这样的深意吧！舒国治以他极独特不凡的文字，自风情人物的描绘引导我们分享他的内中心境。诚属可贵。

美国曾经是西方价值及流行文化的中心，地大物博，人文荟萃，令无数年轻人心仪向往。而今重读舒哥游记，想想美国现在这德行，不禁怀念昔日纯真之种种。

自序 我的美国

一九九八年,长荣航空与《联合文学》办了第一届"长荣寰宇文学奖"(也是唯一的一届),我写了一篇东西投去,后来得了奖,也就是这本书的第一篇《遥远的公路》。

我当时或许有不少材料可以取来下笔,但我心中隐隐萌生着一个计划,就是:什么时候我要把我美国的胡乱游历写它一点出来!

我有七年的时间待在美国,一九八三年至一九九〇年。这七年说来惭愧,啥事也没干,整天胡思乱想。真是不知如何是好!既没有潜心工作,也没有研求学问,甚至也不知先钻进一个职业的巢穴窝着混一口饭,算是好歹称得上"干活了"那么样的对自己与对社会交代了。都没有。

于是我发展出往外间游历这种看似是行万里路、增广见闻,却骨子里或许还是逃避的一个幌子。就这么开车上路了。

这种旅行,充满了泛看,充满了经过,不断地经过。于是,最终必定是没有用的。

但没办法。你不可能细看。它一直在流逝,一直教你又错过了。不久,再错过了。

我应该停下来。有的地方多探一下。最好多做一点研讨。但我没有。偶尔也想该如何如何,但多半还是算了,就走吧。

有些地方,有看来很了不起的博物馆,值得进去浏览。但多半我不会进去。有的名人故居,应该有丰富的内容,我也没有进去。

我无意入内探究。

我总是选择继续上路。

我不会在某个停留点或哪个古镇投注太多时间。我不会待太久就要放弃它。

但泛看多了,其实是远处的细看。这种如同不经意的从车窗投出去的目光,竟能看出不少东西。往往一个小镇的气场,从车上看去已能知道,甚至自这一两条街上已大约察觉百姓的些许埋怨。太多的小镇是如此的寂寞,这是通景;但眼前的这个,比二十里前的那个,比三十五里前的另一个,都更开朗友善多矣。虽只是车行泛看,真就能知道。

山水也能泛看得知。地景也是。

美国于我，不怎么有穷山恶水的念头。那些沙漠化的地方，荒芜冷清的地方，矿空人去的鬼城，皆有奇特的美感，皆是汽车匆匆走经的好过场，皆是眼睛乐见的趣味。

因为开车，哪里皆不会太过介意。美国之于我，是太多的通过、滑过、经过的累积，也是一团朦胧的诸多风景。

这些很没计划的、很零星游来看来的车窗景致，我终于可能会写下一点东西。但写成什么样呢？

我在二十世纪五十、六十、七十年代的台湾浏览过太多人写的美国书文。他们的书，太多讲典章、讲制度、讲历史、讲工业，甚至也讲文学电影，但我一展开书，多半看不下去。为什么？我不知道。

但也可能隐隐知道。窃想，如我写美国，该写些什么呢？

我以我那粗浅的美国历史知识，不甚了然的美国地理，完全隔膜美国民主政治哲学，加上少少的少年翻读来的美国文学，再和成百上千部的好莱坞电影，童时少年听过的美国音乐，于是就如此地开始贴近这个真实的美国。哇，这美国，其实还真不陌生呢！

我很想写一篇长的散文，把约略我要微微点到的美国写在里面，是的，长的散文。

就像我不时还在想写一篇长的散文，把我对于吃饭之见解，写在里面。然后读者一读，好多的东西，都读进去了。

同样的，我也想写一篇长散文，把我对于打拳之心得，都融在这一篇东西里。

总之，就成了这篇《遥远的公路》。

若说美国旅行，最令我获得丰富的是什么？我会说是那种地形构成的奇美；它必须要大，然后在这大当中含蕴那些山与河、平原与树林等所间架交织成的大地而散发出的颜色、气味、光晕等，它们会自然飘进你的嗅觉里，会自然在你眼睛前移来移去。那种神奇，你必须在四时交换下亲身体会。

目录

遥远的公路　001

过河　045

不安定的谋职就是最好的旅行　052

跑堂们的三岔口　061

南方日记　066

杰西·詹姆斯的密苏里　088

路上看美国房子　097

西坞——青少年的天堂　110

西部沙龙　117

西部牛仔与赶牛方式　122

美国作家的寂寞感　131

新英格兰日记　142

南方"红脖子"　164

附录　硬派旅行文学　181

遥远的公路

once upon
a highway so long

遥远的公路

透过挡风玻璃,人的眼睛看着一径单调的笔直公路无休无尽。偶尔瞧一眼上方的后视镜,也偶尔侧看一眼左方的超车。耳朵里是各方汽车奔滑于大地的声浪,多半时候,嗡嗡稳定;若轰隆巨响,则近处有成队卡车通过。

每隔一阵,会出现路牌:"有鹿穿过"(DEER CROSSING),"路径变窄"(ROAD NARROWS),这一类,只受人眨看一眼。在怀俄明州,远处路牌隐约有些蔽翳,先由宽银幕似的挡风玻璃接收进来,进入愈来愈近的眼帘,才发现牌上满是子弹孔,随即飞过车顶,几秒钟后再由后视镜这小型银幕里渐渐变小,直至消逝。

在亚利桑那（Arizona）停车，是一件找树荫的工程。否则引擎依然凉不下来，而人依然在烤。在密苏里州（Missouri）的内华达（Nevada）镇睡午觉所收容的苍蝇，要到堪萨斯（Kansas）的道奇城（Dodge City）才能散放干净。在得克萨斯的狭长土地（Texas Panhandle）上突遇午后暴雨，雨刷竟来不及刷，只好停在路旁。路旁是半沙砾半泥之地，十五分钟后，轮胎的下层橡胶已然看不见，开始有点体会美国洪灾之可能意思。

在犹他（Utah）原野看到的彩虹大到令人激动，完美的半圆，虹柱直插入地里。大自然对驱车者偶一的酬赏。40号州际公路近得州阿马里洛（Amarillo）路旁，十辆各年份的凯迪拉克车排成一列，头朝下，也斜插在地里，当然，也是为了博驱车者匆匆一觑。

内布拉斯加（Nebraska）草原远处不时见到灰黑圈形

物事隐隐在动,当然,那是龙卷风。有人说某小镇刮起龙卷风,次日在七十五里外的另一小镇找到一张原放在此镇银行抽屉的兑过支票。这类故事极多。科罗拉多(Colorado)的闪电,那种低空横移的长形光波曲线,隔着汽车挡风玻璃这种天然宽银幕看去,既惊悚又美到不可方物,遥想一百多年前西部牛仔赶牛深夜遇闪电而致牛群惊窜,据当时描写,电光在长角牛的牛角上波形移动,自这头牛移至那头牛,并且同时电光也在牛仔帽檐呈圆形移动,那种千钧一发的美感,那种全黑大地上一闪即逝的光条,令人说不出的向往。

当午后大雨下得你整个人在车上这随时推移却又全然不知移动了多少的小小空间完全被笼锁的灰暗摸索而行几小时后,人的思绪被冲涤得空然单净。几十分钟后,雨停了,发现自己竟身处蒙大拿庞然大山之中,那份壮阔雄奇,与各处山棱后透来的黄澄澄光芒,令你心摇神夺,令你觉得应该找点什么来喟叹它。这种景光,我突然有冲动想要对着远山抽一根烟。那年,我已戒了好一阵子烟了。

八百里后,或是十二天后,往往到了另一片截然不同的境地。距离,或是时间,都能把你带到那里。景也变成风化地台了,植物也粗涩了,甚至公路上被碾死的动物也不同了。

空荒与奇景,来了又走了。只是无休无尽的过眼而已。过多的空荒挟带着偶一的奇景,是为公路长途的恒有韵律,亦譬似人生万事的一径史实。当停止下来,回头看去,空空莽莽,唯有留下里程表上累积的几千里几万里。

西行,每天总有一段时光,眼睛必须直对夕阳,教人难耐。然日薄崦嵫的公路及山野,又最令人有一股不可言说之"西部的呼唤"。此刻的光晕及气温教人瘫软,怂恿人想要回家,虽然我没有家。我想找一个城镇去进入。这个

纪念碑谷（Monument Valley）出现在车窗外。

城镇最好自山岗上已能俯见它的灯火。

经过了荒山,经过了原野长路,在夜幕方垂之时,人若正巧在高处山岗俯见下方市镇的灯火满布,何等的风尘意况,是"征程"二字的本意,经过它,千山万水,你终究抵达了某地。是温暖即将来临;是原本的微饥现下更形激烈,专等下一刻即有热餐;是突然间血脉贲张、眼亮腰直,要再加一把力便可人车搁平、彻底舒出一口长气的目的地。这种城,像阿尔伯克基(Albuquerque)[1]。这种公路,像66号公路。进入这镇时候的音乐,像汤姆·威兹的《在附近》(In the Neighborhood)。我喜欢那种感觉;在许多荒凉之后的繁华,像是酬答艰辛的奖赏。虽然我并不奔赴那镇。我只是不断找镇去离开。我奔赴,并没有受词。

---

[1] 美国新墨西哥州最大城市,位于美国中南部。

once upon a highway so long

蒙大拿州的比尤特城（Butte City）像是典型的达希尔·哈米特[1]侦探小说的罪恶西部小城，也是汽车经过长旅后最喜进入的"氛围"之城。

比尤特整个是一个高起的山城，附近皆是挖空采枯的矿。城市虽早没落、沧桑，但房子最好看、最有驳杂的风格。

匹兹堡是个地形跌宕、雄奇万千的旧日城市，非常适合一个多年前曾经待过一两天却还没怎么搞熟的外地客多年后又开车进入的一种城市。

因为它的山丘、河流、桥梁、涵洞、盘旋道路等造成它的城景丰富与它的格局如迷宫般的令人不易一眼看尽。

俄亥俄州的克莱德镇（Clyde, Ohio）要从尼加拉瀑布游完，原本心中全是轰轰隆隆向西走着走着，一不留神

---

[1] 1894—1961，美国侦探小说家，硬汉派小说鼻祖，"黑色电影"的创始人。

以铜矿发迹，如今矿去人空的蒙大拿州比尤特城。昔年的大宅子仍雄伟，也是侦探小说家达希尔·哈米特（Dashiell Hammett）塑造的罪恶镇的原型地。

地就进了这个安静极矣的舍伍德·安德森写《小城畸人》（*Winesburg, Ohio*）的真实场景。

辛辛那提（Cincinnati）要从南边的肯塔基州的可温屯（Covington）向北跨铁桥，渡过被杰斐逊称为"举世最美的河流"的俄亥俄（Ohio）河，如此进入。这个角度的辛辛那提最是风华绝代，不愧这句名号"西方皇后城（Queen City of the West）"。

北卡罗来纳州的阿什维尔（Asheville），要从东面慢慢进入，自40号州际公路高上低下的逐渐靠近这个山城，只觉这蓝岭（Blue Ridge）山脉的厚大胸膛正随着你的爬高蹿低而起起伏伏。

长期的公路烟尘撞击后，在华灯初上的城镇，这时全世界最舒服的角落竟是一个老形制的卡座（booth）。如果这卡座恰恰在一家古老的食堂（diner）里，而桌上装餐纸的铁盒是艺术装饰（Art Deco）风格线条、镀银，又抓起来沉甸甸的，咖啡杯是粉色或奶黄色的厚口瓷器，那么这块小型天堂是多么的令人不想匆匆离去。即使吃的也必只是那些重复又重复的汉堡、咖啡、碎炒马铃薯（hash brown）、烘蛋（omelette）、鸡丝与面条炖汤（chicken soup）等。

夏夜很美，餐馆外停的车一部部开走，大伙终归是要往回家的路上而去。而我正在思索今夜宿于何处。

我打算睡在这小镇的自己的车上。睡车，或为省下八点五美元或十二美元的住店钱，或为了不甘愿将刚刚兴动的一天路途感触就这么受到汽车旅馆（motel）白色床单的贸然蒙蔽，或为了小镇小村的随处靠泊游移及漫漫良夜的随兴徜徉的那份悠闲自在，都可能。但睡汽车也有其苦恼：道奇城的居民会在三十米外的家中拨动窗帘监视我的车子

once upon a highway so long

动静,二十分钟后仍然通知了警察来请我走。在汉茨维尔[1]选的地点已经极佳了,但夜深如此,竟然还有高跟鞋声一步步贴近我车,再走向车后方树丛,原来是一女子至树丛后撒尿。老实说,这种音效是有一些恐怖感的。很显然,我自认停得不错之地点——打烊的空手道馆及花店——仍料不到附近有一家开到很晚的俱乐部。在多树的城镇,像夏洛茨维尔[2],车顶的铁皮上不时有东西爬动,也令人提心吊胆,虽然只不过是松鼠之类的动物。

在牛津[3]东找西找,窃想在密大(U.Miss.)的校园中应最安全了,然驶进没多久,便隐隐觉得后有一车在跟,跟了一阵,发现后方有警灯开始闪,而我听见他车中的外方

---

1 Huntsville,位于亚拉巴马州。
2 Charlottesville,位于弗吉尼亚州。
3 Oxford,指密西西比州的牛津。

打进来的无线电声音中传出我的车牌号码及车主的名字,接着当然我便慢慢停下,接受他盘查、建议,并且离开。

睡车,最好是挑选居民停好车后钥匙并不拔出的那种小镇,像佛蒙特州的伍德斯托克。而不是挑选蒙大拿州的比尤特城那种城中区(downtown),像是充满能单手卷纸烟的昔日汉子的城市。睡车,其实真正的好处,是忘掉赶路。有时每天只走八十到一百里,并且不是向前直线的走,而是绕圈圈走。到了晚上八九点钟,睡觉还太早,我通常去看一场电影。看完后,夜渐深了,路上人也少了,先到后备箱里取出枕头与毯子,丢进后座,再轻轻开到早已看好的夜宿位置,驶近时,熄大灯,滑行几十尺,停定,熄小灯,熄火,随即人从前座爬至后座,便能睡了。连开门、关门都不用被周遭看到。南方有些禁酒小镇,如亚拉巴马州的斯科茨伯勒(Scottsboro)看来也很适合睡车,只是人睡到一半，突然音乐声、呐喊声大作，并且强光四射，原来是周六夜青少年正在"游车河"（cruising）。

长途行旅之后的一场观影，是特殊的一种爽。不只因为前者太枯燥而后者太刺激、前者太远隔而后者太凝注，也因为前者太真实、太脚踏地土、太广见芸芸愚茫众生，而后者太虚幻、太胡意妄想、太多浪漫出色的另一番愚茫作乱行径。而这整个便是美国；就像难以吞咽的汉堡与可乐仍然可以化成极具吸引力的画面故事之广大魔幻现场。

现实中的美国，一如电影或广告片中的美国，已然可以深深地麻醉人了，用不用大麻、迷幻药、可卡因都不重要了。小镇里或大城里食堂中的人在吃饭，每个人慢慢地举叉子把食物放进嘴里，安安静静，伴着永远有的 easy listening[1] 永恒音乐——它永恒存在，不管在超级市场、百货

---

[1] easy listening，不用费神欣赏的。

公司、飞机场——就这么一口来一口去,吃着嚼着,再抹一下嘴角,喝着咖啡或可乐,不时他们抬起头来,茫茫看往无所视的空处。你若盯着看他们的眼睛,他们的无所注焦眼睛不得不让你确信,他们已麻醉了(stoned)。被他们的周遭,被他们的活命方式,被他们安详有条、充满理由的完美社会。

每隔一阵子,也会下榻汽车旅馆。这时自有线电视(cable)上可以看到老片,像卡莱·葛伦(Cary Grant)演的《女友礼拜五》(*His Girl Friday*)与凯瑟琳·赫本(Katharine Hepburn)演的《电脑风云》(*Desk Set*)会被安排成同天放映。假如今晚播映比利·怀尔德(Billy Wilder)的《双重赔偿》(*Double Indemnity*)或拉乌尔·沃尔什(Raoul Walsh)的《歼匪喋血战》(*White Heat*),或罗伯特·奥尔德里奇(Robert Aldrich)的《死吻》(*Kiss Me Deadly*),或乔治·马歇尔

（George Marshall）的《蓝色大丽花》(*The Blue Dahlia*)这类所谓黑色电影（film noir），我马上知道，今晚不用睡了。二十世纪四五十年代的黑白片，爱德华·罗宾逊（Edward G.Robinson）、詹姆斯·卡格尼（James Cagney）、亚伦·赖德（Alan Ladd）等这些远去的人物与城市、公寓楼梯、百叶窗及窗内的人影、街角停着的汽车，是最佳的睡梦前的美国。

夜晚，有时提供一种极其简约、空寂的开车氛围，车灯投射所及，是为公路，其余两旁皆成为想象，你永远不确知它是什么。这种氛围持续一阵子后，人的心思有一袭清澈，如同整个大地皆开放给你，开放给无边际的遐思。有些毫不相干的人生往事或是毫无来由的幻想在这空隙进了出来。美国之夜，辽辽的远古旷野。当清晨五点进入吐桑（Tucson, Arizona）或圣塔菲（Santa Fe, New Mexico）这样的高原古城，空荡荡的，如同你是亘古第一个来到这城的

俄勒冈州的塔伦特镇（Talent）。收了很多漂亮老车的堆积场（junk yard）。

人,这是非常奇妙的感觉。

千山万岭驱车,当要风尘仆仆抵达一地,这一地,最好不是大城,像纽约。乃纽约太像终点。你进入纽约,像是之后不该再去哪里;倘若还要登程,那么在格林尼治村、在中央公园、在上西城、在华盛顿高地、在默里山(Murray Hill)、在亚斯特坊广场(Astor Place)都会变得不知如何处置,不知是要盘桓还是匆匆擦身过眼。纽约这个我前前后后待过共两年的大城,当接下来的五年开始以汽车碰击公路烟尘后竟不怎么能够玩它使它了,甚至不怎么喜欢它了。路上有人穿着硬石咖啡(Hard Rock Café)的T恤衫,我会觉得不耐。至于在麦克唐勾街(MacDougal)或布里克街(Bleecker)的咖啡店我会坐不住,只想买一杯唐肯甜甜圈(Dunkin'Donuts)的纸杯咖啡带走。纽约,最好像是驾车经过时,忽瞥见一黑色铜像的手上被绑了一个黄色的气球,或是再过了两条街又见一个嬉皮在邮局的铁管上乒乒乓乓拍打,节奏有如自设计精巧的鼓所打出来一般,然后,它们便愈来愈远地消失在你车子的后方了的那种城市。

小镇小村,方是美国的本色。小镇小村也正好是汽车缓缓穿巡、悄然轻声走过、粗看一眼的最佳尺寸。通往法院广场(courthouse square)的镇上主街,不管它原本就叫主街(Main Street),或叫华盛顿大街(Washington Street),或叫中央大道(Central Avenue),常就是美国公路贯穿的那条干道。

为了多看一眼或多沾一丝这镇的风致,常特意在此加点汽油。既要加油,索性找一个老派的油站,一边自老型的油泵中注油,一边和老板寒暄两句,顺便问出哪家小馆可以一试之类的情报。一两分钟的闲话往往得到珍贵惊喜。他说这里没啥特别,但向前十多里,有本州最好的猪排三明治;"掷一小石之远"("just a stone's throw"他的用字),

有最好的南瓜派……"街尾那家老药房有最好的奶昔,我小时每次吃完,整个星期都在企盼周末快快到来……你不妨下榻前面五里处的那家汽车旅馆,当年约翰·韦恩在此拍片就住过……"

那个猪排三明治的确好吃,南瓜派我没试,老药房的老柜台如今不见任何一个小孩,倒有稀落的三两老人坐着,像是已坐了三十年没动,我叫了奶昔也叫了咖啡。咖啡还可以,奶昔我没喝完。记忆中的童年总是溢美些的。

我继续驱车前行,当晚"下榻"在一百多里外另一中型城镇里的自己车上。

这些三明治或是有故事的汽车旅馆,我仍尝过许多,但加油站那一两分钟搭谈所蕴含的美国民风民土往往有更发人情怀的力道。譬如说,美国人有他自有的历史意趣,说什么"约翰·韦恩当年……",说什么"小时候我……",

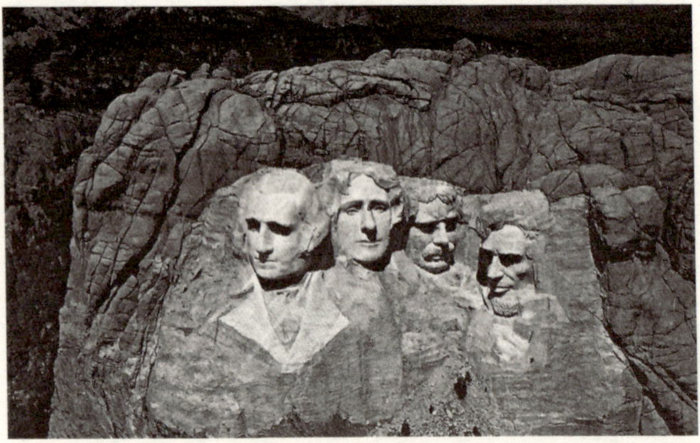

GALENA

HWY 2

TROUBLESOME CR
CAMP GROUND 10 MI

SAN JUAN
CAMP GROUNDS 12 MI

即使不甚久远,他也叹说得遥天远地。

或许美国真是太大了,任何物事、任何情境都像是隔得太远。

当无穷无尽的公路驰行后,偶尔心血来潮扭开收音机,想随意收取一些声音。几个似曾相识的音符流洒出来,听着听着,刹那间,我整个人慑迷住了,这曲子是《梦游》(*Sleep Walk*),一九五九年桑托和约翰尼(Santo&Johnny)的吉他演奏曲。我几乎是渴盼它被播放出来一样地聆听它,如痴如醉。我曾多么熟悉它,然有二十年不曾听到了,这短短的两三分钟我享受我和它多年后之重逢。

这些音符集合而成的意义,变成我所经验过的历史的片段,令我竟不能去忽略似的。

而这些片段历史,却是要在孤静封闭的荒远行旅中悄悄溢出,让你毫无戒备地全身全心地接收,方使你整个人

西雅图向东一小时的村镇,或是《双峰》(*Twin Peaks*)的故事点附近。

为之击垮。于是,这是公路。我似在追寻全然未知的遥远,却又不可测地触摸原有的左近熟悉。

偶我也会自己哼起歌来,令不知是否已太久没机会发出话语的喉咙也得以震荡出些许声音。先是随口唱个几句:

I know where I'm going

I know who's going with me

I know who I love

But my dear knows who I'll marry.

歌词不能尽记了,便又跳接上别的歌:

I'm a rolling stone, all alone and lost

For a life of sin, I have paid the cost

When I pass by, all the people say

There goes another boy, on the lost highway.

又接上别的歌,如伍迪·格思里(Woody Guthrie, 1912—1967)的:

Ramblin' round your city

Ramblin' round your town

I never see a friend I know

I go rambling' around.

紧接着,自然而然跳到:

Sometimes I live in the country

Sometimes I live in town

Sometimes I have a great notion

To jump into the water and drown.

唱着唱着，竟也颇得抒发幽怀。而出乎我自己意料，这些个歌，大多是曲调最粗简的老民歌，而不是我少年时最着迷的摇滚。甚至连《再见，老潘》(*Goodbye, Old Paint*)、《拉瑞多之街》(*Streets of Laredo*)或《红河谷》(*Red River Valley*)等西部歌也受我不断地哼吟。委实有趣。莫非人愈是深入荒芜单调而致心无所系、心无所戒，愈是不自禁会流露出童子军年代的自己所最深浸之最初喜好？

在这宽广的地方，美国，我连口味也渐平淡了，竟也偶觉比尔·门罗（Bill Monroe）的蓝草音乐（blue grass）甚是好听。即食物，亦甘于粗吃，甜甜圈（doughnut）与稀薄如水的咖啡也常入腹中。当时不曾意识及之,多年后,离开了美国,才蓦然念及。

斯蒂芬·福斯特(Stephen Foster, 1826—1864)的歌词真是太美,我是说,即使是中文的译词,"夏天太阳——照耀我肯塔基乡……"夏天太阳四字,怎用得如此好!我几十年来偶一哼到,总是惊叹不已。多好的起头,多好的意象,多简的用字,可又是多亘永的期盼。

有时一段笔直长路,全无阻隔,大平原(The Great Plains,如艾奥瓦、内布拉斯加、南达科他)上的风呼呼地吹,使我的车行显得逆滞。为了节省一些车力,遂钻进一排货柜车的后面,让前车的巨型身体替我遮挡风速。当前行的五六辆货柜车皆要超越另一部慢速车——如一辆老夫妇驾驶的露营车(RV)——时,你会看到每一辆货柜车皆会先打上好一阵左方向灯,接着很方正地、很迟钝地、很不慌不忙地进入内车道，超过了那辆慢车，再打上一阵右方向灯，再进入外车道。就这样，一辆完成，另一辆也完全如此，接着第三辆、第四辆、第五辆，然后是我，我于是也不自禁地、很方正地、很不慌不忙地，打灯、换道、超前、再打灯，然后换回原道。完成换道后，我听到前行的货柜车响了两下喇叭，又看到驾驶员的左手伸出，在左后视镜前比了一比，像是说："Good job!（做得好！）"我感到有一丝受宠若惊；他们竟然把我列入车队中的一员。

再美好的相聚，也有赋离的一刻。这样的途程持续两三个小时，终于他们要撤离了。这时我前面的货柜车又很早打起右灯，并且在转出时，按了两声喇叭，如同道别；我立然加上一点速度，与他们平行一段，也按了两声喇叭，作为道别，以及，道谢。

大型卡车，所谓"十八轮儿"（Eighteen Wheeler），是公路汪洋上的巨舰，常在公路上成舰队形式，要超过它们全数，须费极长时间。

卡车司机们配备周全，无线电台（CB Radio）、手势、喇叭符号、车队礼仪等，构成卡车文化。

十九世纪美国的马，到了二十世纪变成汽车。十九世纪的牛仔，在二十世纪变成卡车司机（trucker）。当年西部沙龙[1]前拴着成排的马，如今的卡车驿站（truck stop）外亦是成排地停着轰轰隆隆、引擎不息的大卡车。卡车司机戴牛仔帽、蹬马靴，穿打钉子的西部衬衫，系大铁环皮带，一切全如牛仔。并且他们的屁股长期贴在驾驶坐垫上，于是下车走路，极其怪状。这就像常坐鞍上的牛仔，下了马，以罗圈腿迈步，真让人捏把汗。

---

1 沙龙，此处的沙龙应为英文中的 saloon，指旧时美国西部的酒吧或小酒馆。

美国的汽车文化之无限制发展、之自然翱翔、之野意不文，在在欠着西部骑士一份人情。他们说，如果美国人的浴室门够大，他会把车开进去上厕所。这就是西部牛仔驱马冲入沙龙摇摆门的一脉承袭。

美国人的动作，是汽车动作。汽车是美国全体大众的必备玩具。演员劳勃·瑞福的眼神与回身环视，是久用汽车习瞥后视镜的机警动作；伍迪·艾伦则没有。乃前者开车，后者不。

开车所训练出的登路警惕，亦是美国自有的通情。有这样的笑话：一个老太婆听说，根据统计大多的美国车祸发生在离家五里之内的范围，哇，不啰唆，第二天就搬到离家二十里外的地方了。

在拉法耶特（Lafayette）的阿拉莫汽车旅馆（Alamo Motel）中，没事挖鼻屎，挖了一阵子，留在手上，因为一直没看见垃圾筒,就走了两步,把它丢进马桶内,再回到床铺上继续看电视。过了几小时,去撒尿,看见马桶内有一块像拇指一般大的灰白色东西。异常惊讶,这是什么怪东西,难道从马桶洞里钻出来的?

过了一下,才恍然大悟,脱口道:"Jeez(天哪)!"

在90号公路上,经过路易斯安那州的某个镇,黄昏时,正逢大雨,有一黑人小男孩站在门廊前向前院撒尿。他有对于雨这种天然东西的先天的自发反应。

横跨美国(cross country)中,我碰过两只乌龟,正要爬过公路,一次是一九八六年的堪萨斯,一次是这次在密西西比州由南向北走纳切斯小道(Natchez Trace Parkway)。第一次我经验不足,虽然远远已见到它在爬,但没有闪过,把它压死了。心里不好过。第二次,我看见它,动作很小,像是偷偷地移动。我先望前方,看有否来车,再看后视镜，看后面有无快车冲来，皆没有，我这才从容地一闪而过，没听见咔啦一声，再回望，它也没有扁。我知道它活了。

窄窄一条公路，对它而言，搞不好也是一次 cross country，很不容易如此登上一回路呢。

巴士，啊，我其实喜欢它多于汽车。自高处向外向远看，以那种你无法控制的速度，你无需预知的停留定点去看待景物。车中的共乘人们，不时给你骚扰，但也不时给你娱乐。灰狗巴士上你见不到西装革履、神色匆忙的有事之人，有的是老妇、幼童、弃子、流浪汉等。有时三两个入伍的年轻军人背着绿色军用帆布袋往车后厢移动，顿时一股远行的旅愁油然生出。一个老太婆坐在位上，说她要

once upon a highway so long

去小石城[1]探视她的妹妹。邻座的黑人在看海明威的《太阳照常升起》(*The Sun Also Rises*),而我在睡觉。一段昏天黑地的公路行驶后,他全身蜷扭地睡着了,我却醒了。他的书歪躺在我腿边。我开始取来看。人生可能便是这样;这书有几页我特别有印象,而我是在这么奇特的状况下看来的。

不管开车、不管选路、只顾歪身倚窗的乘车之旅,睡睡醒醒、醒来睁眼又环顾窗外的乘车之旅,固然是灰狗的独有情调,然风景二字,其实未必见着。一来它走大路(走州际公路)。二来你太快就碰上它走夜路;往往一班车接个不对,白天所看尽是平铺无奇,即要来的风景,却已是漆黑一片。三来你太容易在车上昏睡,往往黑夜也睡、白天也睡。这是灰狗这艘大舰自然的力量。

---

[1] Little Rock,指阿肯色州小石城。

灰狗车站。又一个灰狗车站。我已在这种车站停过太多太多的等待时光。两百或三百个小时。见过太多不知要往何处去的过客。我看着他们，他们看着别人或我。譬似我们都是无处可去的游晃者或甚至是无处不可去的随遇皆安之人。

一排排候车椅上安设的一排排黑白电视机，是最最坚固的画面美国。打开它，只消投一个quarter（二十五美分）。

灰狗车站的最大爽处，是那种对前程未知却又有四五条路线横你面前由你自选的"远走高飞"之感。有的流落路途之人，在得梅因（Des Moines）错过了西向的巴士，原或要往盐湖城（Salt Lake City）或是往特拉基（Truckee），这一下临时变计，索性向南，登上往休斯敦（Houston）的车。车站里空荡传出的播音，老式唱名的那种声腔，一个接着一个的英文地名：圣安东尼奥（San Antonio）、索诺拉（Sonora）、范霍恩（Van Horn）、埃尔帕索（El Paso）、拉斯克鲁塞斯（Las Cruces）、特鲁斯康西昆西斯（Truth or Consequences）、阿尔伯克基、圣塔菲、拉顿（Raton）、普韦布洛（Pueblo）、科罗拉多斯普林斯（Colorado Springs），一个接着一个，在在召唤着你，你听着这些或熟悉或生疏的音节，既感到自由辽阔，又微微觉着茫然。

美国最有意思的游看，是看它的聚落之选址。也就是，这个镇、这个村为什么出现在这里。然后它为什么只有八百人大或两千人大？因为再过去就是山，再过去就是河，再过去就是森林。能适宜人用的，就是现在你看到的那么大的幅员！

于是它的墓园，就永远是那么大。新罕布什尔州的哈里斯维尔（Harrisville, N. H.）墓园在一块突出于河流的尖尖半岛上，美极了，同时也天成。

佛蒙特（Vermont）州的伍德斯托克（Woodstock），被称为美国最理想的小镇，但也只能那么大，因为新英格兰的山水总是相对险峻峥嵘，平旷之地有限，也于是伍德斯托克东面不远处就有奎奇峡谷（Quechee Gorge），它被称为佛蒙特州的"大峡谷"。

便是这种"选址"，形成了太多的小村小镇。也就是，甲镇既已满了（哪怕只是几十人），我何不在山的另一面建造一个乙镇（哪怕一开始只是一户人家）。这难道不是我们在西部电影中看到的景象？而真实的美国，如此广大的土地处处流露出人们形成聚落的完整痕迹，也敷陈出其中的美学。而我，一部车开着便能几乎尽收眼底。这简直太绝了。

我在路上已然太久，抵达一个地点，接着又离开它，下一处究竟是哪里。

这是一个我自幼时自少年一直认同的老式正派价值施

放的辽阔大场景,是沃德·邦德(Ward Bond)、罗伯特·瑞安(Robert Ryan)、斯特林·海登(Sterling Hayden)、哈利·戴恩·斯坦通(Harry Dean Stanton)等即使是硬里子性格演员也极显伟岸人生的闯荡原野,是舍伍德·安德森(Sherwood Anderson)、内尔松·阿尔格伦(Nelson Algren)、雷蒙德·卡佛(Raymond Carver)文字中虽简略两三笔却绘括出既细腻又刻板单调的美国生活原貌之受我无限向往的荒寥,如黑白片摄影之远方老家。老旧的卡车,颓倒的栅栏,歪斜孤立的谷仓,直之又直不见尾尽的公路(highway)与蜿蜒起伏的小路(byway),我竟然毫不以之为异地,竟然觉得熟稔之至。而今,我一大片一大片地驱车经过。

河流中,人们垂钓鳟鱼,而孩子在河湾中游泳。一幢又一幢的柔软安适的木造房子,被建在树林之后,人们无声无息地住在里面,直到老年。树林与木屋——最最美国的象征。许多城镇皆自封为"美国树城"(Tree City, USA)。如安娜堡(Ann Arbor)、内布拉斯加市(Nebraska City)。太多的地名叫斯普林菲尔德(Springfield),叫伍德斯托克,叫弗农山庄(Mount Vernon),叫鲍灵格林(Bowling Green)。太多的街名叫白杨(Poplar),叫樱桃(Cherry),叫松树(Pine),叫铁树(Sycamore)。而我继续驱车经过。美国小孩都像是在树屋(tree house)中游戏长大,坐着黄色的学童巴士上学。长大后,女孩子都像多丽丝·黛(Doris Day),而男孩子都像詹姆斯·迪恩(James Dean)。檐下门廊(front porch)是家人闲坐聊天并茫然看向街路的恬静场所,这习惯必定自拓荒以来便即一径。每家的信箱,可以离房子几十步,箱上的小旗,有的降下,有的升起,显示邮差来过或还没来。无数无数的这类家园,你随时从空气中嗅到草坪刚刚割过的青涩草香气,飘进你持续前行的汽车里。

山谷森林外围常出现的木造建筑，西雅图东郊。

啊，美国。电影《逍遥骑士》(*Easy Rider*)中的杰克·尼科尔森感叹地说："这曾经是真他妈的多好的一个国家。(This used to be a helluva good country.)"

如今这个国家看来有点臃肿，仿佛他们休耕了太长时间。艾奥瓦画家格兰特·伍德（Grant Wood，1891—1942）所绘《美国哥特式》(*American Gothic*)中手握草叉的乡下老先生、老太太，不在农庄了，反而出现在市镇的大型商场（shopping mall），慢慢荡着步子，两眼茫然直视，耳中是easy listening 音乐（美国发明出来献给全世界的麻醉剂），永远响着。坐下来吃东西时，举叉入口，咬着嚼着，既安静又没有表情。光阴像是静止着的。这个自由的国家，人们自由地服膺某种便利及讲求交换的价值。家中的药品总是放在浴室镜柜后，厨房刀叉总是放在一定的抽屉里，每家一样。冰箱里总放着Arm & Hammer Baking Soda[1]，每家一样。而我，驱车经过。

累了。这里有一片小林子，停车进去走一走。树和树之间的地面上有些小花细草，伸放着它们自由自在少受人扰的细细身躯。不知道在哪本嬉皮式的杂书上看过一句话："如果你一脚踩得下六朵雏菊，你知道夏天已经到了。"

停在密西西比河边，这地方叫山下纳奇兹（Natchez-Under-the-Hill），没啥事，捡了一块小石，打它几个"飞漂"，然后再呆站一两分钟，又回返车子，开走。

常常几千里奔驰下来，只是发现自己停歇在一处荒弃的所在。

一波起伏的丘冈层层过了，不久又是一波。再不久，又

---

[1] "手臂与槌子"牌的烘烤用苏打粉，用来吸附臭味。

是一波，令我愈来愈感心魂痴荡，我不禁随时等待。难道像冲浪者一直等待那最浑圆不尽的浪管；难道像饱熏大麻者等待吉米·亨德里克斯（Jimi Hendrix）下一段吉他音符如鬼魅般再次流出？

我到底在干吗？我真要这样穷幽极荒吗？

在路上太久之后，很多的过往经验变得极远。它像是一种历劫归来，这个劫其实只有五星期，然再看到自己家门，觉得像是三十年不曾回来一般。

在路上太久之后，很多的过往经验变得极远。好些食物，后来再吃到，感觉像几十年没尝过般的惊喜。抵西雅图后在朋友家吃了一颗牛奶糖，几令我忆起儿时一样的泫然欲泪。

在路上太久之后，很多的过往经验变得极远。我在车上剪指甲，这里是佛蒙特州的诺里奇（Norwich），突然想，

俄勒冈的海岸公路。

上次剪指甲是在何地？是夏洛茨维尔（Charlottesville），是达勒姆（Durham），抑是牛津（Oxford）？

有些印象竟然很相似。今天中午进入一个小餐馆，竟觉得像以前来过；一样的长条吧台，一样的成排靠窗卡座，收账台背后的照片摆设竟然也一样，甚至通抵这餐馆的街道也一样。但跟哪一家餐馆相像，却说不上来。我只知道，这个镇我从来没来过。

八百里后，或是十二天后，往往到了另一片截然不同的境地。

三十个八百里之后，或是三十次十二天之后，景色、植物或是碾死的动物最后全都不见了，剩下的只是一股——一股朦胧。好像说，汽车嗡嗡不息的引擎转动声。

一九九八年九月六日《联合报》刊

过 河

密苏里州的圣路易在密西西比河以西,河以东叫作东圣路易,却已属伊利诺伊州。住在圣路易的人若想看脱衣舞,必须过河到隔州的东圣路易。

俄亥俄州的辛辛那提的住民,同理,若想赴这类有 GO GO GIRLS [1] 的酒吧,也可以向南跨过俄亥俄河到肯塔基州的可温屯得享这种节目。

美国河流多,并且多的是大河,河的这岸与河的那岸往往差别极大。河此岸若有文雅,则河的彼岸常有低俗,

1　GO GO GIRLS,指艳舞女郎。

如此，方得成其"交通"两字。像"圣路易"这词，加上一个"东"，敏于美国事故的人，便能得其意趣之约略偏向。主演《不法之徒》（*Down by Law*）电影的歌手汤姆·威兹（Tom Waits），喜用"公路车站"（bus depot）、"月历女郎"（calendar girl）等浪迹意象来贯串其歌词，便极爱用东圣路易这种地名。还有一个城，正可以和东圣路易对仗，便是西孟菲斯。它在阿肯色州，隔着密西西比河与河东岸田纳西州的孟菲斯（Memphis）相对。

新奥尔良也濒密西西比河，河对岸的阿尔及尔（Algiers），新城人也称"西岸"，便被电影《绝不留情》（*No Mercy*）用作追踪谋杀案件的场景。主角理查·基尔（Richard Gere）曾见线索女郎金·贝辛格（Kim Basinger）肩上有刺青（tattoo），于是他过河到阿尔及尔的某个低下区去遍找刺青文身的店。除开圣路易与辛辛那提的河我过过，也确知它们有脱衣舞酒吧外，阿尔及尔正巧我也去过，但文身店却并没有看到，然而与新奥尔良的繁华明亮相比之下，阿尔及尔委实符合"河彼岸"那种荒疏低落的典型意义。

得州的南部边境上的小城拉瑞多（Laredo），是传统牛仔歌《拉瑞多之街》发生的场景。也濒临一条河，大河，格兰德河（Rio Grande）。跨过河，是为新拉瑞多（Nuevo Laredo），已在墨西哥边境。通常一个字号加上一个"新"字，应该比较后生，但此处不然，英国小说家格雷厄姆·格林（Graham Greene）说得好，"儿子看起来比爸爸老"。

数年前，写《蚊子海岸》的小说家保罗·索鲁（Paul Theroux）搭乘 Amtrak 火车直到不能再往下开的终端，也就是拉瑞多，那时是雨夜，他问计程车司机此城何以像荒废死城，悄无一人；司机回说去了新拉瑞多那个"男儿之城"（Boys' Town），并说那里的妓女总数达一千人。的确如此，入夜之后，从拉瑞多悄悄溜进了新拉瑞多，那里有酒吧、夜总会、妓院，统统只隔一条河，所费时间仅十分钟，却已是另一个国度，语言上、政体上，以及人性上的。

另一个得州边境上的大城，埃尔帕索，也濒格兰德河。河对岸是墨西哥的第五大城，华瑞兹市（Ciudad Juarez），人口有一百五十万。从华瑞兹市跨河到埃尔帕索，不只是单纯的渡河而已，是美墨两国长达两千里边界线上最大的非法入境的口道。也于是这趟过河，是与家人说再见，是要以身试法，是要奔往北国（el norte）那处"洞天福地"（promised land）的断然壮举。然而这件壮举，既不是乘车过桥，也不是乘船或游水过河，是人用脚涉水走过这条"大河"（格兰德河）的。有的人不愿将下半身弄湿，甚至可以雇人将自己背或抱过去，这种背人来赚钱的，也是一份职业，他们叫"驴子"（burro）。

格兰德河,多伟大的一条河,多雄壮的名字,但在此处的水浅到几乎无意要做一条天然边界似的。

入境后被抓,自然遣送回墨西哥。单单这被抓的人数,整条美墨国界上一年约有一百万,可见非法入境的人有多少。

人的处境不堪,才会去跋山涉水、越界过桥。俄勒冈州的最大城波特兰(Portland),北边有哥伦比亚河,西边有威拉米特河(Willamette River)流经。波特兰的西端是伯恩赛德(Burnside)区,有一些低级旅社,专供穷光蛋或流浪汉住宿。从伯恩赛德区向西,过威拉米特河到对岸,要走供火车行驶的"钢桥"(Steal Bridge)。走这种钢桥的人,当然是惯于跳货运火车的流浪汉(hobo),他们到河对岸去睡在高速公路(freeway)高架水泥路的下方。何以然?他们连河东岸的伯恩赛德区的低级旅社那几块钱都付不起。

纽约曼哈顿，是真正的纽约市，也被两条河包夹，东有伊斯特河（East River），西有哈德逊河（Hudson River）。过河，在曼哈顿，最具有强烈典型的不同意义，也就是势利。不过河，意味着养尊处优；过河，意味着有所不堪。因此曼哈顿人发展出一个词"B and T"来，"B and T"是"桥隧族"（Bridge and Tunnel）的简称，专指那些每天倚赖桥梁与隧道过河通勤的来自西边新泽西与东边布鲁克林、皇后区，奔忙不已到曼哈顿谋一口饭、住郊外便宜区的碌碌大众。

一九八九年二月十八日《中时晚报》刊

哥伦比亚河（Columbia River）将近波特兰之前的一个停点。下车晃一晃，不想太快冲进波特兰。

不安定的谋职就是最好的旅行

某一个夏天的周末晚上,我经过迢迢远路驱车抵达俄勒冈州的梅德福(Medford)镇,下榻一家有一百多个房间却收费只要十美元的老式过气的大型旅馆。那时是晚上十点,这小镇大多数的店面皆已关闭,我正四下找不到吃东西的馆子,踟蹰在镇上最主要的马路上找寻主意时,却见几十辆各型汽车(老式轿车、农庄卡车、新型进口汽车、敞篷吉普)在这条要道上穿梭往来。每辆车上坐的通常是三或四个青少年,亮开着灯,照耀在这条已经沉睡的干道(恰好是99号公路),口中大声呼叫,就这样亮相扬声而过。开过这段街道后,再重新绕回,又来一次。有时他们会停下来，人站在车边，看着路上另外的车阵游经或其他停在路边的车与人。这些年轻人有男有女，男多女少，都是高中生的年纪，大约自不同的邻近地区而来，没有看起来像太保的人（当然梅德福是全美有名的犯罪率极低的安详小城），大多生得是纯朴土实的乡下孩子模样，似乎不愿在周末晚上太早就寝，就这样，在这没有夜生活的小乡镇上，自行权且在这条街上找取他们的夜生活。于是99号公路是他们的派对地点、他们的狭长形营地，车灯是他们的营火，别的来往展示车辆与人群是他们可资观赏的余兴节目，大呼小叫、怪声胡吼是他们的打招呼方式与除了汽车中音响外的唯一音乐。

我一边看店面找寻充饥，一边看街想忘掉腹饥。十分钟后，进入一家萧条酒吧，吧台边布列了三四个老汉。我很容易地叫了一杯生啤酒，又很不容易地叫了一条热狗，不，冷狗。一个小时后，我自酒吧出来，街上适才的青春气息，像我吃的热狗一样，早已冷了。

这种少年的寻乐与行乐方式，在纽约、芝加哥、旧金山等大城是看不到的；倒并非大城中的孩子有许多地方去（事实上他们也颇少现身于夜间街头，加以二十一岁以下不能买酒），而是他们心灵上已经历了很多去处，又被繁荣热闹所包围，比较没有从野地僻乡出来的呐喊需要。

而梅德福这些孩子，经过了这种寂寥日子后，当有朝一日能往外地上大学或工作，大约是绝对不会放弃的。这种在街上大声怪叫以求发泄的岁月，老实说是不堪拥有太久的，马上他们就要寻找或许更等而下之的寻取自由之法。就像我次日晚上停在尤金（Eugene）这俄勒冈大学所在地见到的年轻大学生一样，半夜一两点钟仍在绿树浓荫下的嬉皮风格的木造房子咖啡店天井里闲荡逗留，或者漫不经心地抽烟，或玩弄桌上的火柴，或这里看看、那里瞟瞟，百无聊赖，一筹莫展，但就是不愿回家。他们几乎是纽约包厘街（Bowery St.）那些醉鬼的青春天真之雏形。他们已经开始上路了。

胡荡并不能给他们自由，还得有另一些自由才成。于是他们离开学校后（不管是毕业或没有念完），开始做事赚钱，这样便理应更可以过起自在的日子了；然而未必。做什么事？实在没太多事需要他们去做。因为这是美国，美国是一个只要少数人工作整个国家便能转动的一处土地。假如他们不是这些"少数人"，那么幸运地说，他们可以自由游荡；不幸运地说，他们说不得要受些无聊空泛之苦。当然，即使没做上什么重要工作或有趣的事，他们仍然或多或少能有个工作，不管是一时的或长时的。

就这样，他们开始旅行了。下班前与下班后这两者之间差异的旅行,辞掉原先工作与开始新的工作两者的之间旅行,工作时心上变化的旅行,下工后在家、在车上、在外间消闲场合时心灵变化的旅行。便因这些个旅行,你可以在美国大陆的任何一处角落随时看到这种奔动不定、人浮于景,甚至人浮于心的旅行景观。他们都有工作,也可能有时极忙,但你看来他们是失业。他们都有家,也吃也睡,但你看来他们像无家可归。

上礼拜到你家登门请求你为社区即将兴建的艺术雕柱捐款的年轻人,你今天在某家咖啡馆看到他正在做服务生。而原来的服务生你过几天不意在一处街口看见他正在做木匠。那个有点姿色的西夫韦(Safeway)算账小姐,每次你买菜她都对你笑,你只觉得面熟却不知为什么,直到你又一次去一家跳舞场时才想起她就是去年元旦晚上全场跳得最凶最好的那个女郎。

他们当然要去跳舞，也要去换工作，也要不时地改变打扮，甚至要把与朋友一同上一家餐厅吃饭当成大事，不如此，便不能达成旅行的效果；而不旅行，人生便不好混了。

也因此你从不会觉得美国各处场合中他们问你"How are you doing？"[1]时你会感到厌烦。你要学习不但不烦，并且要乐意冒出妙语新句："Oh, getting better with the weather."[2]一个银行柜台员每天站着料理排队客人的镏铢琐事，你看着觉着可怜，但队伍轮到你时，切不可对她说："你每天这样站着做这么多辛苦事，真太难为你了。"她生命中注定不堪的漂泊天机，不宜由你一语道破。

---

1 "最近过得好吗？"
2 "哦，随着天气的变化越来越好。"

她便不站在银行柜台后,也要站在另外的地方。

这站是站定了。总要有人去站的,这就是美国的理论;什么工作都有做的人。

这个地方张三辞掉了工作,自然有李四来做。而张三新任职的公司,很可能是李四从前辞掉的地方。我接做你不要的工作,就跟买人家穿旧的衣服、买签过名的旧书一样,完全不会有不圣洁的感觉。美国是不来这一套的国家。大家换着做这做那,你来我往,总算能给这国家称得上一份平衡。

倘若美国算得上地大物富,生命力积聚极为雄厚,那么便同时就有不少的人要去消耗这些生命能源。纽约的地下铁中有多少西装革履的人每天忙着做事,也同时在地上就有相当的闲人、退休老太太从容地正在上下公共汽车。你站在摩天大楼的办公室中,在最忙碌时把眼看窗外,下方的公园中必是最安详的无所事事之人打瞌睡的一幕场景。这便是平衡，也是美国还没有疯狂的一个理由。

你即使有固定满意的工作，你只要在美国，仍然是在"不安定的谋职"中；因为你谈失业、谈救济金、谈经济不景气、看街上醉鬼、与游荡汉讨饭人擦身而过，这些生活情调将你陷设在好像你也是其中一分子。为什么，因为你喜欢旅行，或是说，你不介意旅行的可能性。也于是突然有一天你被裁员裁掉了，你压根儿就不觉震惊，因为你可以开始一偿旅行之夙愿了。还有，等你退休时，也是另一趟旅程之开端。

旅行是什么？再没有比美国人更清楚了，就是变换地方。什么人最有资格旅行？便是一直觉得没有待在最佳地方的那类人。于是他们动不动就钻进自己的汽车里，从这里晃到那里，你透过车窗看他们的神情，又漠然又失落。

离开汽车,便走向电视机,他们快速地转台,以便快速地换地方旅行。大学生多爱背背包,却不是走在森林或山巅,是走在橱窗满布的闹街之上,他们在都市中跋涉,即使这样的旅行,也不宜放过。"定下来"(Settle down)这句话有太多太多的机会被美国人说到,这旅行的命还当再需持续一阵子呢?

跑堂们的三岔口

纽约市皇后区的杰克逊高地（Jackson Heights），以罗斯福路（Roosevelt Ave.）与七十四街两条道路之交会点为其市集中心，主要在于它是地铁的一个大站，许多线的地铁在此接驳换车。正因方便，这里虽然阴暗混浊、人杂车旧，却也热闹非凡。

我称这罗斯福路与七十四街的交会点为"跑堂们的三岔口"（Waiters' Junction）。

每天早上九点半，你可以看见几十个分成好几批，每一批约有十来个中国人，有男有女，有青年也有中年，手上拿着刚买的面包或油纸杯咖啡，在地铁的高架下走来走去。他们是男跑堂、女跑堂、大厨、炒锅、油锅、抓码的、洗碗的、调酒的、收银的、带位的等。中国人居多,也有少数的韩国餐馆业者。

跑堂们有的已穿上黑裤子(白衬衫或到店里才换,蝴蝶领结更不用说),女孩子已把头发扎起来或盘在头顶上,这样一会儿进餐馆立刻就能上工。厨房人员倒穿得随便些,着上跑鞋,穿牛仔裤,嘴衔香烟,手插在夹克口袋里,冷天时脖子缩着,天不冷时脖子也不见得挺起。就这么望望这里,看看那里。这些人每一批约有十来个,专等着一辆面包车(van)来载他们往纽约市郊[如长岛、威斯特彻斯特(Westchester)郡]的高级中国餐馆去打工。各个餐馆有各自集合的街角,却都相隔不远。有的打工者原先在另一餐馆工作过,便不妨踱过来与从前的同事聊聊,问问生意情况;女孩子则问这条裙子在哪里买的之类。打工者跳槽跳得频繁，所以今天张三站在这个街角等红色的面包车，上星期他却在另一个街角等一辆蓝色的面包车，他坐不同的车到不同的馆子去，做的仍是相差无几的工，端的仍是陈皮牛肉或蘑菇鸡片。

各餐馆的面包车总在早上十点以前开离这"跑堂们的三岔口"，有的上了 LIE [1]，有的过了"跨三区大桥"（Triborough Bridge）。奔上本州 100 号公路。车上的收音机多半调定在 Easy listening 的台上不动，十多个人坐在车上，也不动，既不像在听音乐，也不像在看窗外的景。有时在某一刹那间，全车的人看来像安静得有点命运（前途）迷茫的味况，如同坐在一辆送往前线的运兵车一样。四五十分钟后抵达市郊的餐馆，总之要能在十一点前开门营业。

---

[1] "Long Island Expressway" 的缩写，指长岛高速公路。

晚上十点半钟（周末则十一点半），同样的交通车又载着同样的人马，回返这"跑堂们的三岔口"，从此，有的乘地铁、有的步行，各自回家。有时且不忙回家，张三约李四喝一杯咖啡，吃一个甜甜圈，聊天发牢骚。你要是在杰克逊高地附近的二十四小时营业的甜甜圈店中听过邻桌大谈餐馆经的，应该极属寻常。再就是某甲偕同某乙一起去韩国马杀鸡店，也可在此站搭乘E、F地铁快车杀去曼哈顿（近年杰克逊高地也开了这种店）。有的喜欢眼餐秀色、唇尝杜康的，则赴脱衣舞酒吧，这则近处就有。

皇后区中国人多，大多纽约市民又不便有车，这使得"三岔口"发挥了它最大的集散功能，让无数的人工，有身份的或没有身份的，经由这"三岔口"，早集晚散，谋一口饭。

一九九一年八月十日《中时晚报》刊

小村小镇的主街,是车行滑经的最佳路线。你非常想要这一家或那一家地停下细看,但往往只是透过车窗静静看着它离你渐渐远去。这是弗吉尼亚州的夏洛茨维尔。

南方日记

一九八七年五月二十四日
纳奇兹，密西西比州

纳奇兹（Natchez），南方最幽藏的一块宝石，有好几百幢南北战争前的古宅（像《乱世佳人》）仍旧保存良好。驱车缓缓地看，实在迷人，主要是"老年代"教人着迷，教人舒服，教人软化，教人下午眼睛几要眯起，困了。这些古宅，如有名的Linden、如Dunleith、如Monmouth，皆在岗坡上，与岗崖下临河（密西西比河）的所谓"山下纳奇兹"截然不同。富贫不同，安危也不同。

十九世纪的山下纳奇兹，有如旧金山的巴巴利海岸（Barbary Coast），充满着酒鬼与赌徒，只是一濒河，一临海而已。

停一夜于"湖南楼"（先是避雨，停车喝一杯咖啡，结果交谈甚欢）。星期天，恰巧镇中有一个作者签名的仪式及表演，但放录音带音乐，而非现场演唱（与前一天在巴吞鲁日的众人狂欢不一样）。

下午到镇中心逛一下，又去河边，山下纳奇兹，有一酒馆马克·吐温客店（Mark Twain Guest House），内中高朋满座。后来据"湖南楼"的女侍伊维特（Ivette）告诉我，此地无甚娱乐，居民就只是周末喝酒至几乎天明。而她从芝加哥来此三年，当我问她为何选这样一个老镇（又没有大学，又没有其他什么事业特别值得她千里迢迢来做），她说，她喜欢骑马，此地有的家族有够大的地，也有马，她恰巧认识这样的人，所以先是来访，后来一住就住了三年。

骑马？我——嗯，不知道，伊维特是白人，生得亦不难看。我私自揣想，一个少女千里迢迢到了南方深乡，为的必然只是一事，爱，不可能还有别的，至少电影与小说必定那么编。

五月二十五日
纳奇兹小径和马西斯顿，密西西比州

星期一，仍在阵亡将军纪念日（Memorial Day）的长周末假里，早上在"湖南楼"吃了自助餐，中午上路，当然是纳奇兹小径（Natchez Trace Parkway），因为地图上标示它是"风景路线"。然而走上一段后，才知所谓风景，只是干净的树林与剪得很好的草皮长伴两旁，一种公园景观之路，但安静与极少车子的路况是其可供人冥想之优点。一对男

女驱车在此路上，不论是谈大事或是吵那一径吵不完的架，在这路上可能是最好的。你像是有用不完的时间与隐秘。

路两旁，随处有野餐桌，或小塘，或草地可供人歇腿，可以停下来大小便。但加油站很少（几乎没有），似乎要到市镇才有。

我在杰克逊停下来（小径在此被切断），在80号公路上一个很大的郡县市集（County Market）停下车，看了一下肉、菜、鸡的价钱。买了一个达能（Dannon）的酸奶来吃。再上80号公路向东想去杰克逊州立大学（Jackson State University），但没找到，结果到了兰金县，停在一家威斯特恩·西兹林牛排店（Western Sizzlin Steak House）门口，喝咖啡，冷却车，并记下这些。

马西斯顿（Mathiston）不知是否和奥尼昂塔（Oneonta）一样，是相同的纬度，而跨越这纬度，对我来说，似乎不容易。

离开杰克逊,又上小径,一切顺利,路很好走,又没车在后面赶你,但到了下午的后半段,我有点开开停停的味道。我有点不想赶路;每天若只走八十里、一百里也很好。

到了傍晚,我在雨中开车,路两边只是黑森森的树林,乍的看见有一处出口有灯光,像是有个加油站附设小店的味况,而车子一闪而过。心想,是否要回头,停一停,避些雨,喝杯咖啡什么的。心中一边想,一边找地方来调头,然没什么缺口,我于是开进路右边大片草地的紧急停车道上,想用大一点角度来调头。结果进去,就出不来了。草下的泥地太软了。一直加油,而轮子只是打滑。我想,"糟了"。

我将后座一大堆新奥尔良的报纸取出铺在后轮后面,再试,仍旧不行。开门去看,报纸被打到后面老远。雨下得狂大,我且熄火,坐在车中跟自己说,"冷静,这算不了什么"。

坐了十五分钟,实在有点烦了,决定冒着雨,跑到五十尺外的树林子里,折树枝,来铺在轮子后面。真去做了。全身湿透,四个轮子都铺好(我用的是我粗浅童子军的本能),想想马上就要上路,汗衫湿透在身上不是办法,于是以钥匙打开后备箱,找了一件衬衫,拉出来,马上把后备箱合上(为了不让雨进去),迅速钻进前座,脱下汗衫,然后用毛巾把上身擦了一下,换上衬衫。一切就绪,准备一口气离开这困境。就在这时,发现找不到钥匙了,先是找口袋,竟然没有。再找椅垫上,也找不到。这一下我急了,难道在后备箱里?完了,搞不好在后备箱里。再从裤子口袋找起,又一次,包括椅子下方,仍然没有。我说了一句话:"Oh, God!"[1]

---

1 "哦,天哪!"

坐了五分钟不到，我决定呼救。站在公路上才一分钟，有一辆车驶来，我招手，他看到我，随即车上有闪转的红、蓝灯光亮起，原来是警察。他先要看我的驾照，又问我是否单独一人。我说是。他还不忘往林子里稍稍张望。后来他说，有人打电话报警，所以他们过来。好家伙，美国路人真是警觉。他们一男一女，是公园巡警（Park Rangers）。他们用车上电话叫了拖车来。往后便是拖车司机和我两人的一段短短旅程。拖车人叫莱昂·海斯特（Leon Hester），把我的车从小径（Trace）上拖到他住的镇，大约十里路，也就是马西斯顿。在他的修车店，我们准备要找我的钥匙。怎么找呢？先把后座椅子拆下来，便是铁皮的隔板，板上有些圆孔，以手电筒照进去，他说："你看。"果然在后备箱的零乱中，躺着那串钥匙。他妈的，真在鬼使神差的千分之一秒里我把它撂在那里，而我竟一点印象都没有。然后用一根长铁条，把后备箱后处的钥匙钩过来,大功告成。

当晚,我接受公园巡警那警察之建议,住在当地唯一的一家汽车旅馆,马西斯顿汽车旅馆(Mathiston Motel)。一进门,居然又是一个印度人,和在奥尼昂塔的旅店一样,甚至和一路上太多城镇(包括新墨西哥州)的汽车旅馆一样,闻得到一股焚香的怪味。并且马西斯顿也是禁酒(dry)的,人们不喝酒。一如往常,既住店,当然猛看电视,有一个詹姆斯·卡格尼(James Cagney)演的海军片子,里头用旁白的方式来解说,故日本军人讲日本话,效果也很真。这种旁白方式不错。

五月二十六日
牛津,密西西比州

中午十一时离店,到处看了一下,只有八百多人的小镇，又有什么可看呢？便北上往牛津而去。

牛津，不愧是福克纳的洞天福地，格局有点味道。他的宅子罗恩橡园（Rowan Oak），过了下午四点，已关闭。只好次日再来。

先在广场书店（Square Books）楼上的咖啡店坐了一下，继而在镇上逛了起来。这个福克纳所谓的"邮票一般小的土乡土村"（little postage stamp of native soil），究竟有些什么？主要是法院广场，很南方县城的典型，或说美国小镇典型。围绕广场四边的街道，便是镇民生活的中心。这里有尼尔森（Neilson's）百货公司，有第一国家银行（First National Bank），由福克纳的祖父创立于一九一〇年；还有Gathright-Reed药房、福克纳买烟丝及翻翻杂志的地方。

广场稍东，有墓园，圣彼得公墓（St. Peter's Cemetery），

当然福克纳也葬于此。天色渐暗,也无心去逛,只想着晚上住在何处。

决定到大学去试一下运气,看能否住到免费的一宿。我在学生会(Student Union)中碰到一个叫李(Lee)的马来西亚华侨,密大的本科学生(under graduate),他看起来很谨慎的样子,父母管教很好的小孩,皮肤油油的,戴一副眼镜,典型的广东华侨新式商业教育下的子弟。他学金融。这点和巴吞鲁日招待我住了两晚的菲利普三人所学是一样。这个李告诉我睡在大学校园(campus)里面停车场中是安全的(因为我说打算睡车上)。

便找了一个酒吧,The Gin,在里面吃饭并喝啤酒,写一点东西,打算混到晚一点才去找地点睡觉。邻桌两个又像学生又像刚入社会的年轻人聊着聊着便与我聊在一道,半个小时后竟然他们连黑人只知偷懒消耗政府资源的论调也都说了出来,可知南方的歧见仍颇深。

十一点多,在校园绕来绕去,看不到有什么车停在宿舍(dorm)前面,这使我颇纳闷,继续绕,突然有一辆警车跟在我后面,我靠边,有一女警下车,她一边走近我,一边我听到她身上的无线电传出我车牌号码及车主的名字,由另外的警察自电脑中查出后告诉她的。她看了我的驾照后,稍解释一番说学校所有的宿舍都关闭了,你要逛是可以,只怕没什么逛头之类。既如此,我决定离开校园,去镇上找地方睡。东开西开,又开出镇中心,到了一个购物中心(shopping center)的停车场。暂且停下,准备想出一个点子什么的,但我的枕头、毯子早已取出放在后座,就顺势躺到后座,心想,到底哪里是理想地方。这样躺着,竟然半个小时中没有什么人到此停车,也没有人到我旁边的三辆车中来取车。只有远处的哈迪斯[1](Hardee's)好像仍有免下车的服

---

[1] 美国有名的快餐集团,创建于 1960 年。

务（这正好提供一种安全感，并且此地的灯光很明亮开朗）。便这样，我慢慢地睡去。一觉起来，已是八点四十分。

五月二十七日
牛津，密西西比州

在镇上胡荡。再去福克纳故居罗恩橡园。小林子可爱，房子也还好。作为你遐想一位心仪的作家之居处，可说颇有气质，倘再加上熟记的文句，映照在此屋宇，便或甚有意思；倘若只是乍看这间宅邸，想它多人聚居似嫌不够，招待宾客开派对也不轩敞，这一来，顿觉寒伧了。

五月二十八日
科林斯，密西西比州

北行，至田纳西州的孟菲斯，旧游地也，又是大城，横跨美国的旅程中最不喜途经大城,乃最不易有一瞥而大略尽收之趣。

抵皮博迪酒店(Peabody Hotel),大厅稍逛,很想找一铜皮碑刻,三年前依稀看过(抑是我记错?),谓"密西西比三角洲始于维克斯堡的鲶鱼街(Catfish Row),而止于孟菲斯的皮博迪酒店的大厅"。然没找到。

下午买了特莱文(B. Traven)的《碧血金沙》(*The Treasure of the Sierra Madre*)原著小说,自美国中部(Mid America)旧书店,在高地大道(Highland Ave.)。

走上72号公路向东,出城不久,在一处被拦下,每辆车被要求看驾照,其中警察看我的驾照时间最短。可能他们要抓的人绝不是东方人,或绝不是弗吉尼亚州的车牌之类。总之,什么事我完全不知道。

72号公路向东的路是"一滚一滚的山丘"(rolls, rolls

of Hills）。在某处看见一个指示牌，是"保持清醒"（STAY AWAKE），不久又是一个同样形式的指示牌，是"读取标志"（READ SIGNS）。

到达密西西比州的科林斯又是一个禁酒镇。我本打算看一场电影，再睡车子或住店或继续走，但电影只演一场，七点十五分，而我抵影院时，已是八点五分。只好不看这部《野战排》（*Platoon*）了。票价三点五美元，还公道。

我又进了一家哈迪斯，结果一问，竟是开二十四小时，心中一爽，一来睡觉在附近应没问题，二来可以看书写东西。

有三个年轻又漂亮的妈妈，各带了她们的小孩，先在哈迪斯室内吃饭，吃完，三家到室外的小孩游乐场去玩滑梯之类的。小孩玩时，三个妈妈并排坐在一起聊天，有趣的画面，到底是南方。她们又年轻又漂亮，像是当年一块儿是同学，如今俱各成家，但何妨同带孩子出来一聚。

南方的店在你付完钱后店家说的道别、道谢的话是 You come back 或 Come back and see us[1]。南方售冰激凌的地方叫"软冰激凌站"（soft serve）。

五月二十九日
汉茨维尔，亚拉巴马州

早上自车中醒来，仍旧走 72 号公路向东。一路仍是一滚一滚的山丘，过密西西比州，自是亚拉巴马（Alabama）州。在佛罗伦萨，停得比较久，差点去看电影。中午的公园有人唱像 CCR[2] 那种白人蓝领蓝调摇滚，不少人带着午餐在此处边吃边听。下午五时半，抵雅典（Athens），坐在杜

1　欢迎回来，下次再会。

2　Creedence Clearwater Revival 的缩写，指克里登斯清水复兴合唱团。

布汉堡店（Dub's Burgers），汉堡做得极好吃、极嫩，肥腴的感觉教人几要认为是猪肉做的。逛街时看到另一家店叫多布氏（Dobb's）。这名字正好跟昨天在孟菲斯买的《碧血金沙》里的主人公同名。此地，雅典，并不太小，但仍然禁酒。干镇与湿镇硬是在外表上就能看出不同。安静与安全。

傍晚抵汉茨维尔（Huntsville），这是旧识地。我打算睡在此城里，不夜行。但我也想看一场电影之后再研究睡觉之事。

我正好停在72号公路与乔丹路（Jordan Lane）交界之处（须知我在乔丹路上待过整整一个月，小月，二十八天，二月）。买了一份报纸，有一个影院以一点五美元放映《致命武器》（*Lethal Weapon*），问了路正好也不远。这家影院叫亚拉巴马酒壶戏院（Alabama Pitcher Show），是一家你进场前要查身份证而里头要卖酒的。你可以坐在位子上，位子前有小台子可放食物与酒，还有烟灰缸，供你抽烟，烟灰缸下压着菜单,还有女服务生走来走去服务。这种戏院在美国不多见。它的隔壁厅是喜剧俱乐部(Comedy Club),门票费是五美元。

晚上,我睡在一家花店的停车场中,由它的三辆白色面包车挡在我车前,又安全又隐秘。但这是经过十多里开车找旅店,有的客满、有的涨价,找了三家之后,我一气之下,仍睡在车上。

五月三十日、三十一日
斯科茨伯勒,亚拉巴马州

停此,为了逛南方最古老、货物最古旧的市集,所谓 First Monday Trade [1]。

---

[1] 每月第一个星期一的跳蚤市场。

六月一日

查塔努加[1]，田纳西州

我坐在车上，颇困，看着窗外，想着以下的故事。

中国人，或学生，或劳工阶级，开着旧车。炎阳当头，甚至在爬坡时烈日刺眼。他很不适应一大段单行道（one way）及禁停标志（stop sign），弯来转去之后，找到一个停车位。好不容易把车停好时，正在摇上车窗，有一穿红色夏威夷衫的黑人，经过他的车前伸手与他打招呼。这黑人往他车前三个车位距离处另外一辆开着车门的卡车走去，卡车里原一直坐着一个黑人，似乎从后视镜很早就看见这个停车的中国人及走来的熟识红衬衫黑人。

中国人停好车，向卡车的反方向走，正好在街角有一

1　查塔努加，英文 Chattanooga。

个骑马巡逻的黑人警察在巡走,他见了中国人,也不知怎么,或许是心血来潮,坐在马上问了他几句话。突然他见到后方有两个黑人鬼鬼祟祟,便高坐在马上扬声:Hey, You![1] 后面的黑人一听,叫了一句:The Chink[2],马上就一个拔腿奔跑,另一个开动车子溜了。骑警策马稍跑了两步就不追了。

接着便是这个中国人被误认告密、遭一帮贩毒的黑人追杀的南方城镇(如查塔努加)中的故事。

停在克利夫兰只是冷车与略事休息。看了一家中国馆子叫"明宫",进来坐下顺便吃饭。这城也禁酒,但你能买啤酒,只是没酒吧这种公共供酒的场所。"明宫"与"湖南楼"一样,也准备找另外的地方去换开一家更能赚钱的餐馆。并且两家的老板都在后面炒菜,老板娘都从大陆的广东来美,

---

1 "嘿,你!"
2 The Chink,中国佬,多带有轻蔑意味。

都在前面接待客人,她们都说:"至少好过跟人家打工。"可见开不是很赚钱的馆子仍旧赚得比打工还多些。

六月二日
加特林堡,田纳西州

下午从加特林堡(Gatlinburg)出发,向南走441号公路,为了不要太晚抵迪尔斯伯勒(Dillsboro)的青年旅舍(AYH),连切诺基(Cherokee)这个有名的印第安城都没停。但中间穿越大雾山国家公园(Great Smokies)时,有几个瞭望台是必须下来看一眼山景的。这个山,中文应叫"大烟霞山"。结果迪尔斯伯勒的青年旅舍根本没有开,这与鸽子谷(Pigeon Forge)的青年旅舍已出售及加特林堡的青年旅舍只有四人(昨夜,包括我)的情况同样显示旅游景气不怎么好（照说应该客满，天气已经很热了）。迪尔斯伯勒的青年旅舍很难找，找到了，是沙砾路，并且很陡。于是到附近的西尔瓦（已是北卡罗来纳州）停下，看了一场《比弗利山警探II》(*Beverly Hills Cop II*)，打算看完找地方睡车上。因此地去阿什维尔虽只有四十多里，但阿什维尔是大城，找地方睡车会比较复杂。

在加特林堡住青年旅舍时遇见一个圣迭戈来的美国少年，才十九岁，曾经坐在董浩云的"海上大学"到过台湾。他去过许多地方，包括莫斯科。他从加州开车出来，因此许多路线与我稍同，例如他也住弗拉格斯塔夫（Flagstaff，"大峡谷"的大门）的青年旅舍，知道住店者在楼下吃东西打九折。他也去了得州，也去了休斯敦，所以他看过"别跟得州胡来"(Don't Mess with Texas)及"开车友善点"(Drive

Friendly）这两种路上标示。

最重要的，他说，他也睡车。这激起我的兴趣，同时刹那间疗补了我的寂寞。哇，这么辽远的大地终于有人也同我一样在夜幕深笼下静悄悄而又孤单单地在天地之间只为放下七尺之躯而寻觅一方角落却又每夜不同！

我问他都选什么样的地方来停车睡觉；他似乎没有什么忧虑，对地点的忧虑。他只是把车一停就睡了。当然，他绝对有选取对的地方的概念及某种自然的经验。老实说，现在我找地方已可以完全不用担心并且绝对能找到好地点（spot）。好地点指不受到危险、不受到居民的疑询、不受到警察的干涉、不太受到附近嘈杂的交通之骚扰。

二〇〇六年八月号《联合文学》刊

杰西·詹姆斯的密苏里

杰西·詹姆斯（Jesse James）的劫盗故事，自南北战争打完一直到现在，流传了一百多年。他的行动方式，帮中兄弟姓啥名谁，所经地域路途，被劫的火车、银行地点及模样等，尽皆有迹可循，至今仍历历如绘，提供了一幅历史实页。但说来微妙，杰西·詹姆斯本人的故事及构成这份故事的他本人性格，却一直令人框架不出一件历史实相来，反只能像是传说中的东西。可以说，杰西在历史中活生生地制造实情，却在实事真人中完成了他戏剧或小说角色的任务。

改编杰西·詹姆斯本事为电影或小说的作家们，许多也自然没去提杰西的想法，只描述他的行动。尤其是电影：电影中的杰西，头上罩着牛仔帽，脸上总是仆仆风尘，大多时候骑在马上，这类现身方式使人们不容易知道他走路的姿势，他脸上的喜怒情形，并且每次他讲话时也并不说得清楚。最主要的，杰西在他的盗匪生涯中，一径异常忙碌机动，波荡极大，电影中自然要忙着拍述这些惊心动魄、出生入死的行动，而杰西的传奇性、神话性更因此存留下来了。

在杰西短暂的三十五年生命里，有十五年是活在劫盗之中，一八六六年至一八八一年，抢案包括十二家银行，七次火车，五次驿马车，盗得的金钱多达五十万美元，游劫范围远及十一州，当然，打劫中心仍是他的家乡，密苏里州。

*　*　*

在杰西·詹姆斯东躲西藏（有人说"神出鬼没"）的十五年打劫生涯中，有太多的效颦者也相继上马开枪，但总是支持不了多久便告落案；唯有杰西一帮人能在风声紧系、四面楚歌下，仍旧做得十五年亡命生意。其间有不少徒众在劫得金银后分批逃亡时被捕或被杀，也有的在打劫当时受警力及民防队围攻下，死于乱枪或因马匹受惊摔下被捕，尤其是一八七六年九月七日在北征明尼苏达州诺斯菲尔德的"第一国家银行"一役时，除杰西与兄长法兰克受伤逃出外，其余死的死、捕的捕。被捕的包括他们三个表兄弟——杨格兄弟（Younger brothers）。

杰西行踪的难以掌握，或者说，他的行为难以捉摸，除了他少年时在南军游击队中受习过声东击西的战术之外，主要与他生就的性格有关。他生于一八四七年九月五日,注意九月五日,是属于处女座,这个生辰特征加上旁人说他"有一张女性的脸、眼睛常眨呀眨的"合参之下,他性格中的神秘害羞色彩或者可以稍稍透露。他身长五尺十寸不到,瘦高架子;但虽有这些史料叙述,即使再伴随大约五张他传世的各时期照片(每张模样相去甚远,有的光下巴、有的留胡子),仍让人无法掌握住他的长相。就算细看他照片中不一的相貌,仍归结不出他的个性。

或许,他的性格由他的行动来表示。而他的行动——实质上经济上,虽然是抢钱——在意念上或游戏观点上说,竟是最隐秘、孤独而又遥远的。

* * *

假如你驱车穿越密苏里,从东端的圣路易,到西端的堪萨斯市,走在70号州际公路上,整段二百五十七里旅途,只需四小时多。然而在一百年前杰西·詹姆斯的时代,即使马不停蹄、沿途换马,也需骑上整整一天一夜。是的,马术与地理的娴熟,是詹姆斯兄弟赖以吃强盗饭的极大本钱。

杰西和哥哥法兰克生于克莱郡的基尔尼乡(Kearny, Clay County),若走35号州际公路向南到堪萨斯市,只距十多里路。在基尔尼与堪萨斯市之间的自由市(Liberty),便是杰西一帮人在一八六六年生平首次抢银行的地方,被抢的银行叫"克莱郡储蓄合作社"(Clay County Savings Association),被抢的数目达六万美元。当地的民防队循着盗匪的蹄印向西直追到密苏里河边,正值二月天的隆冬风雪,只好空手而返。但事实上詹姆斯兄弟并没西行,他们早就向北回到几里外的基尔尼自己家中了。

从堪萨斯市向东走24号公路，约四十里之后，可达莱克辛顿（Lexington）。当然，这条路当年未必是詹姆斯等人策马所踏，他们多半沿着密苏里河，可即可离地来走。一八六六年的十月，莱克辛顿的亚历山大米切尔银行（Alexander Mitchell & Co.）被他们抢走两千美元的现金。

翌年五月，在莱克辛顿向北走本州13号公路十里不到的里士满，詹姆斯帮众又从休斯 & 沃森银行（Hughes & Wasson Bank）抢走了四千多美元。

一八六九年十二月，杰西与法兰克决定不带帮手，只兄弟两人行动，去抢盖勒丁的戴维斯郡储蓄银行（Daviess County Savings Bank）。盖勒丁在里士满北面沿本州13号公路五十里外处。由于他认出某个银行职员曾是南北战争中的北军军官，怒火使杰西慌急地开枪杀了这人，忙乱中只抢了七百美元现金，夺门而出。而在银行门外把风的法兰克早已与镇民开起了火。当杰西踏上马蹬,马惊于四起的枪响,奔跳不止,杰西被震落地面,而一脚还在马镫上,被马拖了达三十尺远,直到法兰克回马来救,终才两人共骑一马逃出重围。而杰西那匹受惊的牝马,跑没多远被镇民追及,有人在乡里四处打听,终于有人指认"可能"是归基尔尼乡的杰西·詹姆斯所有。当然詹姆斯一家矢口否认,并且闹上了报(堪萨斯市时报)。也亏杰西平常在乡里表现规矩,并且被"南方意识"甚强的同乡一直视为战时英雄,总算没有身陷图圄。

之后,詹姆斯兄弟益发小心不说,并且自抢银行扩大营业至抢火车。如此东抢西劫了数年,在风声最紧的一八七六年的八月,带了三个杨格兄弟,上了一辆火车,北行三百七十里,到明尼苏达州,准备在"杨基家乡"(Yankee Country)好好捞它一票,这是另外一段故事,日后再表不迟。

once upon a highway so long

一八八一年十一月，杰西与妻子、小孩搬到密苏里州的圣约瑟夫（St. Joseph），仍以他用了两三年的假名霍华德（J.D. Howard，另一说 Thomas Howard）行世，过着半退隐的生活。五个月后，被一个远房表弟，二十一岁的鲍勃·福特（Bob Ford），用一把不久前杰西才交给他的枪（杰西正计划近日又要作案）从杰西的后脑一枪射过，结束了他三十五年的生命以及十五年的劫盗生涯。而这个他用来隐居的城市，圣约瑟夫，离他的儿时乡园基尔尼，也不过五十里远。

今日的读者，若以堪萨斯市为中心，东南西北地开车，上述的基尔尼、自由市、莱克辛顿、里士满、盖勒丁，以及圣约瑟夫，都可以在三五小时内将之跑遍。其中的银行，有些或许还有迹可循，甚至杰西·詹姆斯当年在圣约瑟夫 Penn St. 与十二街上的旧居也可按址找到；但杰西当时对各地山路、小丘、矮林、岔道等地理上之熟悉及灵活使用,或许不但不是我们这个汽车时代的游客所乐意追索之事,并且也不是现代盗匪所能再继续享用的古时伎俩了。

一九八六年一月四日美洲《中报》刊

路上看美国房子

在公路旅行中，有很多的车窗风景，是美国房子。美国的建筑，极有可谈，更极有可看。一个个旧时村镇，自车上那样的经过看去，简直太赏心悦目又太驰骋想象了。

尤其是十九世纪到二十世纪前段的建筑，是人类住得极好却又常盖得不那么故作"恒存千年"的那种"只是给人住的"平民式屋舍，是最好的真实镇民建筑。而太多后来的大建筑家像弗兰克·劳埃德·赖特（Frank L.Wright）、卡斯·吉贝（Cass Gilbert）、伯纳德·梅贝克（Bernard Maybeck）、理查·莫里斯·亨特（Richard Morris Hunt）……他们虽设计无数的名作，但他们幼时是看这类房子、住这类房子长大的。并且很讽刺的，有时他们设计的房子，以我的视角，未必比那些老年代无名的家宅更好。以橡树园（Oak Park）的房子言，赖特的房子那么多，但比旁边的老早就存在的"土著宅"，竟然你站在那些宅子前流连更久。

卡斯·吉贝在纽约盖的伍尔沃斯大楼（Woolworth Building），路易斯·沙利文（Louis Sullivan）在圣路易盖的温赖特大楼（Wainwright Building），麦克基姆、米德及怀特公司盖的尼克波克信托公司（Knickerbocker Trust Company）何其的宏伟，但那是公共建筑。他们自己住的，有可能只是小小的木造房子。不，多半也不见得，他们或许在大城市的郊外，会建成"别墅式"的家园，像另一个建筑师查尔斯·普拉特（Charles Platt），他在芝加哥郊外的森林湖（Lake Forest）市盖的度假别墅，或是在纽约郊外芒特基斯科的伍兹顿所为。

只是不可能盖得太豪奢。像格林兄弟（Greene & Greene）

帮产业大亨大卫·甘博（David B.Gamble）盖在洛杉矶郊外帕萨迪纳的甘博之家（Gamble House），或是茱莉亚·摩根（Julia Morgan）帮报业大亨赫斯特（William R.Hearst）盖在中加州圣西蒙的台湾旅游团常称的"赫式古堡"（Heart's Castle）等。或像麦克基姆、米德及怀特公司在哈德逊河边波基浦西镇为范德比尔特（Vanderbilt）盖的范德堡别墅（Vanderbilt Mansion）。

但也不可能太过简略，只是一幢木造两层楼，仅五六房间，中型前门门廊，小型后院的那种中产阶级平民家宅。

如果是，那这个建筑师就更厉害了；如果是，那这幢小小木造房子必然有其高明雅致之处。

当然，一定有这样的建筑师。只是如果他已是名家，多半会把自家盖成，好比说，像弗兰克·劳埃德·赖特为自己及家人盖的塔里埃森（Taliesin）[1]。

---

[1] 在威斯康星州的斯普林格林（Spring Green）。

在美国，车行中看人住的房子，真是好多浓郁的，人在土地上生出房屋的美好感觉。主要是人怎么想事情、人怎么活命过日子、人怎么表露他的美，都可以在房子外头一瞥就瞥到了。

美国穿城过镇，沿街走巷，太多房子寓目，几乎不会想到哪幢房子是建筑师的手笔。从没这个念头。只有"哪幢是好看的""哪幢是怎么看都顺眼的"这种观念。

也于是，这就是最真实的美学。这就是老百姓的美学。所以一看芝加哥附近赖特设计的房子，马上知道这是他的房子，而完全忘了去审视这幢房子美不美，忘了先打量这房子本身的外观。故而有时这类名家的作品，反而使你不去自然地、自发地察看它本我的美丑。

所幸这样的房子，在整个美国大地上不算多。

那些只是住人的、容纳家庭的、各式各样的房子，已经教人目不暇接了，也已经可以想象出极多的小镇故事了。并且自车窗看去已感到颇能洞悉了,绝不需进到屋内去窥矣。

这就是我门外汉的哲学。只看,不深究。

一条路上看过去,如果是好社区(good neighborhood),往往一幢幢木造二楼或三楼,间插着一些一楼平房,不管是可容纳八人、十人的大型家庭,或只住一两人的小房子,皆有一个必然的有机外观,即:它还是它自己耸立在那厢的大小。就像人一样,有个子大的,有个子小的,但就是一个人的大小。是一个"一体感"的房子,而不是增建的、延伸的、添补加大的。

就因为这种人味,每一幢房子都有自己的相貌。每一幢都不一样,但每一幢和另一幢皆有相近的结构与基本的布局。

但就是每一幢不一样。这有一点道出了早年每人是按自己想要的样子而建出来的。尤其是拓荒年代。他们自己砍木、自己竖柱架梁盖出来的。这种"自己要的样子",流露在哪怕已是建商成群盖出来的这整条街上的几十幢房子里。

曾经听过有人说,一九四四年以前的家宅,犹保持老年代的风味。

的确,二十世纪五六十年代以后盖的房子,你就能看出工艺已渐粗略。七八十年代盖的,更随便了。

或许因为每幢建得不一样,每幢皆是木头撑建起来的,令美国房屋予人一种充满欢乐、充满童趣的"玩具感"。不知道会不会是这个原因,我开车绕街穿巷看房子永远看不腻。莫非每个玩具后面还有更花样精巧的另个玩具?

当然不只是社区住宅,田野远处的谷仓、牲畜的厩寮,也多的是好建物。

但住家,最是能留住目光。不知为什么?或许它也在回看你。譬似它在等着回答你发问。

你看着它,像是已对它说了一声"嗨"。轻声的,几乎没动嘴形的。

而它,也或正要回你,只是还不知说些什么。只能先看着你。再说,你瞬间就又开走了。

有时候,路程二字,意味着一个镇又一个镇地经过。

太多的小镇,典型的美国小镇,如果它太安静了,你反而会更加睁开眼睛端详它,心道:"这是怎么回事?"你甚至希望替它配上声音,好比说,用导演约翰·休斯敦的念白来吟诵海明威的《杀人者》(*The Killers*)的一小段,作为这些画面的旁白。

有些小镇太粗犷,或是太荒凉了,甚至差几是鬼城了,也能假想配旁白。也让休斯敦念,念达希尔·哈米特(Dashiell Hammett, 1894—1961)的小说。

哈德逊河沿岸的古村,很适合华盛顿·欧文(Washington Irving)的《李伯大梦》(*Rip Van Winkle*)的文章片段,由奥逊·威尔斯来念,也会是最好的旁白。

美国语言与美国的市容，可以融合得极顺极适，这是很有趣的。或许是因为它的"近代"，两者都有一种"平白"。没有由古代转换过来的拗口。

这类语言，或说文学，也同时柔顺地流露在美国电影里。它竟然相当地平稳世故，甚至呈现已然极其成熟的美国美感。爱伦·坡的诗，林肯、杰斐逊的演讲，埃尔文·布鲁克斯·怀特（E.B.White）的文章，桃乐西·帕克的讽刺小句，都可以成为百姓在口齿上的吟诵东西，而你稍微一转，也可能成为一则漂亮的文字作品，不管是一首歌、一段笑话、一则广告词（君不见，人经过新泽西的特伦顿，想到它早年广告牌的用字"Trenton Makes, The World Takes"。说的是它制的马桶，举世都在用）。

横跨美国，最好的配乐，像约翰·费伊（John Fahey）的吉他曲 *In Christ, There Is No East Or West*，事实上费伊的太多吉他曲压根我就会说：这是我心目中的美国音乐。他的学生利奥·考特基（Leo Kottke）也是。另外，像吉米·罗杰斯（Jimmie Rodgers）的《思念密西西比和你》（*Miss the Mississippi and You*），像弗瑞·刘易斯（Furry Lewis）的《我将前往布朗斯维尔》（*I am Going to Brownsville*），像芭芭拉·戴恩（Barbara Dane）的《当我还是一个年轻的姑娘》（*When I was a Young Girl*），像盲威利·约翰逊（Blind Willie Johnson）的吉他曲《漆黑如夜》（*Dark was The Night*），像伯尔·艾夫斯（Burl Ives）的 *Wayfairing Stranger*。

有些歌实在太美国大地了，太值得在美国的荒景上缓缓地流溢出来，但最好不是名家唱出来的，而是老百姓劳动者不经意哼出来的，像《拉瑞多之街》，像《哦，苏珊娜》（*Oh, Susanna*），像《哦，谢南多》（*Oh, Shenandoah*），像《红河谷》，太多太多。这些歌全可以由哈利·戴恩·斯坦通（1926—2017）这个老牌配角演员唱出来，并且不是出自录音室的。

有些歌像在你旁边哼唱的,那是最美的。有些歌像几十年前在你车窗外的教堂后就一直在传唱着的,而你多年后远远地聆听。

快进大城市时,常常不舍得就这么"嗵"地一下直冲了进去,随即把自己就这么融化到它的一圈又一圈的框框环环之中。我一个人一辆车真是不愿意这么抛陷进去。

我更想只顺着一条脉络,单线的,这么滑过。

整个美国,充满着这种美妙极矣的单线。它是汽车的最好滑行地,也是一个单人最好的经过区域。

于是那么伟大浩瀚的中西部,太多教人梦想游经的奇绝地方,有山谷,有森林,有溪流,有岩洞,并且再穿插着那些宏大的、你企盼已久的城市。然很奇怪的,像印第安纳波利斯,像一个九省通衢式的中心点,我快到了,但我还不想就这么进去,还想在它的外围多绕绕。于是在南面的纳什维尔(Nashville)及哥伦布(Columbus)〔皆离布卢明顿（Bloomington）不远］盘桓一阵，久久不想动身。甚至到了更东南面的麦迪逊（Madison）及更西南的新哈莫尼（New Harmony），一个濒俄亥俄河，一个濒沃巴什河（Wabash River）这两个河镇，哇，这么好的地方，又离大城市那么远，有一点索性哪儿也不用去了的躲在天涯海角远走高飞之况味。

这就是公路游移的神奇。

繁华的都市，但你一个人一部车，只想远远获知约略的灯火与人烟，不怎么想靠近它。这是驱车美国的最高秘密，也是近乡情怯者最适得其所的辽辽天地。

譬似你自西向东行，到了橡树公园，想想再走十英里[1]就进入芝加哥了，原本你在橡树公园只想看看建筑、看一眼海明威的童年旧宅。但一看下来，你竟然无意往下走了。

---

[1] 英里，英美制长度单位，一英里约合 1.6093 千米。

这里就是定点了。这个小镇根本就该是人生应当停顿下来的地方。它太安适了，太稳定幽美了，太不用说话、不用解释、不用表达了，它就是人住下来的一个处所。

同样的，圣路易这个大城，我也要先在外围绕一绕。于是自西过了杰斐逊城，就沿着密苏里河慢慢吞吞的，像是不情不愿地开在94号公路上。接着在赫尔曼（Hermann）停一停，又接着在圣查尔斯（St. Charles）再停一阵。

然后进入圣路易这个我即将在某个中餐馆打工的岁月。

有一年，从远方即将回到纽约。到了北边的哈德逊河两岸，心想，何不在此多做盘桓？也就是这一盘桓，探看了这条雄奇高峻的河流所塑砌出的村镇与桀骜人品所涵养出的建筑！村镇像莱茵贝克（Rhinebeck）、新帕尔茨（New Paltz）、克罗顿哈德逊（Croton-on-Hudson）等，建筑物像华盛顿·欧文自己设计建造的阳光居[1]，像亚历山大·杰克

1　Sunnyside，位于塔里敦。

逊·戴维斯(Alexander Jackson Davis, 1803—1892)设计的林德赫斯特庄园[1](也在塔里敦)和槐林居(Locust Grove, 9号公路上),以及德拉米特住宅[2]。再就是由同样是戴维斯建造、加上安德鲁·杰克逊·唐宁(Andrew Jackson Downing, 1815—1852)设计景观的蒙哥马利宅邸[3]。

这些伟岸极矣的地方与人物,何其得天独厚!我马上要告别了,马上要到那个我进去后不怎么会再出来的大苹果——纽约。于是,赶快再回望一眼。

美国房子,太有趣了。但沿途经过匆匆一瞥,更是美妙。

二〇二〇年

---

1 Lyndhurst,位于塔里敦。

2 Delameter House,位于莱茵贝克。

3 Montgomery Place,位于莱茵贝克北面。

西坞——青少年的天堂

西坞（Westwood），洛杉矶西边的一个小社区；说它小，乃因洛杉矶这个横无际涯的大都会中连比弗利山（Beverly Hills）这个富豪居家区都竟能称"市"，那么西坞这个一向被人称作 Westwood Village 的"村子"，如何能不自认其小呢？

但西坞的名气并不小，这固然有部分归功于它北端的加州大学洛杉矶分校（UCLA），它本身小小的五条街道所包围出来的一块商业区才是近年来真正的独有"热点"（hot spot）。而扇风加油使这"热"永不止息的，是青少年。

今日的西坞没有五金行，没有超级市场，也没有自助洗衣店，因为昂贵的租金迫使它们不得存在。并且这里也没有按摩院、保龄球馆、色情电影院，因为"区域法"（zoning law）禁止。但西坞有另一些商业，就以它最中心的五条街来说，有十一家首轮戏院（全世界最高密度）、八十四家餐馆、六家（最近的统计）专售小西饼（cookie）的商店。从这个倾向来看，你知道它是一个娱乐中心。当然，大伙来这里吃、玩、观影，而不是在这里买五金及洗衣。也正因如此，一幢普通西坞的家庭房屋售价二十五万美金。当然，这里是玩区，不是实惠的住宅区。

西坞太红太热门，所以洛杉矶最忙碌的三处街道交口皆在此处，其中之一每天有十万八千辆汽车走经。便为了这份拥挤，洛杉矶的公车特别在周五夜（下午六点半至半夜一点半）及周六全天（中午十一点至半夜一点半）加开所谓"西坞交通车"（Westwood shuttle），只收票价一毛（十美分），以求纾解周末狂欢的人潮（尤其是电影散场时的人）至不远处大伙停车的区段。

观赏电影，整个洛杉矶皆极方便，但偏偏西坞最最密集。西坞共有十七家电影院，所以在同一时间内，可以有一万一千二百六十一人拥在这一区看电影，而这一区的公定人口数不过是三万五千五百四十三人。

西坞以十七这个数字闻名，除了电影院有十七家外，卖冻糊状奶酪（frozen yogurt）的店有十七家，还有就是周末夜在此逛游的人，他们年龄的上限是十七岁。

平常日子，西坞只是一个大学城边上的商店区，但到了周末，尤其是近晚时分，便开始了一场青少年的"大集结"。他们自四处而来，穿着新潮，有朋克（punk）意味，但却更华贵光艳，并且是刻意打扮过的。可以说，他们是青少年的一套"珠光宝气"。当华灯初上，几条闹街上店面的出奇装潢使这个大学城看来像一个大型的 MTV 的场景。

寻常大学城呈现一些松闲、嬉皮的学生调调（像旧书店、咖啡屋中抽烟聊哲学或政治，穿牛仔裤、长发不整、反对拜金），西坞却完全不是这么一回事，它不讲书卷气，只讲生命享受；不讲智慧，只究聪明（穿要穿得聪明，吃要吃得聪明）。假如你问一个十五岁少女（穿得极为讲究，眼部化妆至少用掉两个钟头）她为何喜欢西坞，她回答时的正经口气，你可以假想你闭起眼睛听，那份慢条斯理就像是五十岁中年妇女形容欧洲古城的那种雍容华贵。这里的青少年有一种对他们所认定的小小文化的一种可视为正经的某份糊涂式的成熟。如果说新奥尔良是"大惬意"（Big Easy），那我说洛杉矶是"大疯狂"（Big Crazy）；而青少年的疯狂，其舞台是在西坞。

以穿着而言，他们早已理所当然地穿上名牌，什么姬奈拉（Generra）、盖斯（Guess），及进口的福伦扎

（Forenza）、凯卓（Kenzo）。像贝纳通（Benetton）及埃斯普利特（Esprit）他们前几年就已穿上又脱下了。并且他们还继续逛衣服店，在镜子前的试套比衬，你看得出来他们在穿着上已然极其老到。

迪斯科舞厅是发泄精力及昏暗灯光下饮酒的场所，在西坞，它们不是十多岁青少年的最佳去处，主要原因是他们的年龄还不允许喝酒（必须满二十一岁），附属原因是那种对镜自跳的拘窄空间实在不及外头开阔的街道更能表现他们的新潮帅气（Chic）。在街上注意人以及被注意，是周末夜这场游戏的规则。

西坞的活力，不是 Valley 的（那里太乡气），也不是 Beach 的（那里太健康运动气），是最精英领先的都市风（Urban）。它太富裕、文明，使你觉得奇怪，你在这里走逛几小时竟然没有人向你要钱，这在纽约的格林威治村（Greenwich Village）绝对不可能。孩子们在这光亮享乐的不夜城太过轻俏无邪了,慈善事业是多么不识时务。这里没有饥饿,但却有吃的狂欢方式,在连锁店富客汉堡(Fatburger)里,一个大号的辣椒肉酱加芝士加蛋的汉堡,观看别人吃它时的那副肉汁四溢,嘴开如盆,却又涵盖不住的模样,是一种对隐私的侵犯。

这是一个夜晚的天堂,青少年是此地的主人。他们在此地穿的衣服、做的动作及讲的话语,六个月后才会发生在纽约,两年后才会发生在俄亥俄州克利夫兰市,十年后才会发生在有些内陆小镇的高中慈善舞会上。

西坞是这样一个小地方,它会让住在高速公路四个出口(exit)以外之处的人来到这里觉得自己像是观光客。很可能过不了几年,住在台北酒泉街的人到安和路去,也同样有这种感觉。

一九八八年五月八日《工商时报》刊

加州新派料理的教母艾丽斯·沃特斯（Alice Waters）所开办的餐馆潘尼斯之家（Chez Panisse），在伯克利。分两个用餐区，有 Restaurant 区与 Cafe 区。在 Cafe 区一人份三十五美元。那是八十年代中期。

西部沙龙

沙龙（saloon），在西部扮演重要的角色。不只是由于沙龙是众人集聚的公共场所，太多的人物在此碰面与太多的故事在此传诵；不只是由于沙龙中尽是酒气与豪赌、纵情与泄欲，太多的恩怨在此结下，又且太多的性命在此结束。

沙龙是男人的世界，小孩与家庭主妇不属于这里，他们毋宁更应属于隔一条街尽头的教堂。沙龙中的男人，多半是游荡的而非固定的：他们可以是牛仔（在赶完牛至终点后，在卸下重任的回程中，于此稍停享乐），可以是赌徒（靠手上牌技维生，也靠不停转换新地新沙龙来躲避上一城镇那被拆穿的骗局），可以是矿工（在淘金挖银的苦力之余或发财之后，到此灌杯黄汤，重新做人），也可以是莫名的过客、走方做买卖的、新到镇甸想在此打听亲友下落的、被通缉的盗寇、万里追凶的私家侦探，等等。

在草莱未辟的西部野地，若因特殊需要（如开矿或正要兴建铁路）而有了人群聚落，则沙龙立刻跟着迅速产生。草率的沙龙，可以只是一个帐篷，篷内在两个啤酒桶上搭一片木板，算是吧台，这样，人或站着喝酒，或坐地打牌。稍具规模的沙龙有宽敞的大厅、花巧的吊灯、壁上镶着镜子与激发客人酒兴的裸女油画，与一长条精雕细镂桃花心木的大型吧台，而这一切往往远从密西西比河边的圣路易运送过来。至于沙龙附设赌厅（需有讲究的牌桌、供应无缺的赌具、懂得调解纷端的经理，以及赌博的执照），则必须有随时应付枪战的应变。通常西部沙龙中的不成文习俗是，当枪战发生时，任何在沙龙中的人会立刻趴下，躲避咻咻四飞的子弹。一个善于经营的沙龙，绝对要能在枪战后或徒手搏斗后，把店中损失向闹事者索到赔偿，并维持事后店里生意照样兴隆。

也有沙龙楼上附设房间的，这已然做的是旅馆般的生意。姑娘们可以借此赚取娱乐客人的钱。风尘仆仆的牛仔或许能享受热水盆浴，人躺在肥皂泡沫堆满的澡缸里，左手捧着威士忌，右手夹着雪茄，嘴里或还哼着赶牛歌，像《老奇译姆的马道》(*The Old Chisholm Trail*)一类的有着"Yippy Yippy"这种"号子"的歌曲。当然，洗这澡之前，有一件工程必须先完成，便是脱下他的长筒马靴。最好的方法是，让一个姑娘屁股对着牛仔，牛仔的一只脚穿过姑娘的两腿之间，她抬起鞋跟，由后向前又向上扳，若力量仍不易使上，往往牛仔用另一只脚顶着姑娘的屁股，然后一鼓作气脱下那只臭靴。

一八七九年,由于银矿的发现,亚利桑那的墓碑镇(Tombstone)因此新兴成立。第二年,一个叫威尔斯·斯派塞(Wells Spicer)的年轻律师在一封信上提到墓碑镇有:两家舞厅、十二家赌场以及超过二十家的沙龙。其中有一家像综合夜总会的叫"鸟笼戏院"(Bird Cage Theatre),最是极尽声色之娱,有烈酒、有女色之外,还有歌舞杂耍剧(Vaudeville)。这家店的老板深知此地是纵情闹事之所,所以要客人在进门时缴出身上的各种铁器,让店里保管,以免出事。

在一八八一年十月二十六日发生在西部枪战史上最有名的"OK牧场的枪战"(The Gunfight at O.K. Corral),便是发生在墓碑镇这地方。墓碑镇从两年前的漫无人烟直到两年后的五千六百人,可以看出它惊人的暴发程度。

暴发的城镇有赖暴发的民众。暴发的民众虽在不同的各地积聚了不同的怨气、劳苦、寂寞与欲望,却同时在同样的地点——沙龙——将之暴发出来。这也就是为什么恁多的西部电影把场景的着眼点不是放在家庭的客厅、不是放在上班的办公室,而是放在沙龙里的道理所在。

一九八七年三月十七日美洲《中报》刊

西部牛仔与赶牛方式

说来奇怪，西部故事的最后主角，既不是冒险犯难的发现者（explorer），也不是深入蛮荒的山野猎人（trapper），或手持战矛、脸涂彩绘的印第安人，而居然是终日屁股不离马鞍、手握缰绳、在黄沙滚滚中赶牛的牛仔（cowboy）。

最典型的牛仔赶牛方式，是得州模式。也就是由南向北，赶到堪萨斯州的几个铁路大站，如阿比连、道奇城等所谓的"牛城"（cow town），然后再由此上火车，运到东部的肉市场。

这得从南北战争结束后说起，战争使得辽阔的得州原野上乏人放牧的牛四逸流散，打完仗的南军回到得州老家，开始策马在各处峡谷、荒山及无边的野地，设法把一小撮一小撮的牛群集结（round up）起来，有时一边集结，一边向北赶，集到相当数量，便打上自家行号的烙印。若集的牛数愈来愈多，便必须临时在沿路村落再加征新的牛仔。

得州牛，原本是西班牙人引进的"安达鲁西亚"种（Andalusian），经过得州特有的地质、气候等的多年适应，终于发展成特别的所谓"长角牛"（Longhorn）。长角牛的特质是体形庞大、肉质坚实，头上的两角由右尖至左尖量起来有时可达七尺之长。它的优点是耐干旱，所以能长途跋涉，在没有水源的荒漠往往能四十八小时不进水。按照牧牛专家的说法，长角牛食取的牧草也不必挑选很润泽的，有时在许多条件不便的情况下，长角牛可以在离河水十五里远的地方吃草前行，而不必大群地驱向河边。但这种牛也有它的缺点：它不容易肥，也不容易早熟，基本上不是理想的肉牛。另外它的尖锐牛角，也往往令它们装上拥挤的牛车向东运时，会互相刺伤牛的皮革及肉，造成产品的折损。但这种种是牛商的经济顾虑，若只是读者或西部片的观众的观点来看的话，长角牛在仆仆风尘的原野驱进，自然是极其壮美而动人的场面。

拥有一小群牛的牧牛人（cattleman），并不一定赶往北方的堪萨斯，他们可以只在得州当地做生意，把牛卖给愿意吃长途苦的大盘牛商。当然他们也可以与别的当地牧人合作，成为有规模的赶牛队，向北驱赶，牟取较高利润。

专业的"赶牛人"（cattle drover），需要有丰富的经验、冒险的精神、对路线的熟悉、懂得驾驭牛及牛仔等能力。通常一个长途的赶牛老板，以大约八美元一头的价钱，买进一千头牛,在赶到阿比连这类牛城时,可以卖到一头二十美元。他的花费大约如下:请九个牛仔,每人每天酬劳一美元。请一个"带队头子"(ramroad),薪水是一个月一百美元,他的工作主要是掌管纪律,拿捏每日出发、每夜宿营的时刻,以免延误运达的时效。请一个厨子,或者叫"老妈子"(old lady),整段旅程,需付他五十美元薪水。这一切再加上生活所需的补给品,需花费三百美元,另需携带补给的马匹,约六十匹。总共这些花费,与一千头牛售后的所得,可以打平。

这也就是说,假如你只有几百头牛,而你又未必能在牛城卖到特高价钱,你是不值得做长途赶牛的生意的。通常稍具规模的赶牛队伍,平均是十二个牛仔赶两千五百头牛,这是比较理想的规模,沿途即使病死或逃散几十头,或是母牛新生了小牛,都不会太过影响牛群的整个规模。

最有经验的牛仔,通常在前带路,领着整条"长牛阵",他是所谓的掌舵骑手(point driver)。在牛群两边的牛仔,则叫"边线骑手"(lineriders)。最没经验的牛仔,则负责殿后,他们被称为"新手"(greenhorn),他不但要不断催促偷懒的慢牛,还得忍受整个牛队"赏"给他的漫漫尘土。

赶牛没有什么特别装备,主要就是两件:牛仔口中不断发出的"嘿"(halloo)这种吆喝声,以及他赖以追前赶后用的身下坐骑,它们是所谓的"赶牛马"(cow pony),多半是用"野马"(mustang)来训练成的。西部片中牛仔到栅栏中,轻手轻脚地抚着刚到的野马,在它还不野的时候把马鞍轻加其上,然后骑了上去。这时这马就前跳后震,牛仔身子尽最大可能弯曲以抵挡震力,若是能耐住不被震下,几分钟后,它就算被驯服了,从此它是牛仔最好的伴侣。

队中的厨子倒有一些装备，熏肉、豆子、面粉、咖啡，以及一把铲子。事实上，他的主要工作是带好一群约有六十匹数量的补备马群。他的厨艺，据西部内行人士说，并不是被雇用的主要考虑（牛仔们自己也能弄吃的，一如西部片上常呈现的场景）。

倘若运气还好，赶牛队希望每天平均能赶上十五里路。也就是说，从得州的达拉斯到堪萨斯的阿比连，将近五百里的路，要让一个牛队走上一个多月。通常他们黎明即起，吃着有熏肉、豆子的早餐，喝着咖啡。至于下一顿，中餐，就不是每个人都能有的了，只有轮到休息的牛仔才有。要不就是碰上河流，让牛有机会饮水时，大伙才得乘机也歇上一歇。

启程出发，是最难的。经验告诉牛仔，第一天赶牛要用尽全力死命赶上廿五里或三十里，把牛群弄得精疲力竭，这样比较可避免有些"想家"的牛只往回跑。在刚上路的几天，总是有牛尝试着跑回家，它们对"远方"或"前途"不一定很感乐观。更有一些顽劣调皮的小公牛，往往在队中制造纠纷，不愿随波逐流跟着大伙跑。这时，牛仔们必须有敏锐的眼力，立刻找出这些害群之牛，把它们与主要牛群分离，或放它们返家管训，或甚至干脆一枪射死，新鲜牛肉往往比储久的熏肉要美味得多。

带队牛仔对水源必须很清楚，更重要的是对每晚休息的地点了然于胸。黄昏时，整个队伍停下，六十匹马被拴在一起，而厨子开始埋锅造饭。牛仔们开始轮班站哨，通常是两小时一班。牛仔当然不是站那种不动的哨，他仍骑在马上，绕着牛群察看，并且一边唱着牛歌。

唱牛歌，是牛仔很重要的工作，并不只是打发时间、解除寂寞而已。这歌不是唱给自己听的,是唱给牛听的。牛受到歌声的抚慰,可以平服太多的可能惊恐。许多牛仔便因不会唱歌,往往使工作机会让别的歌喉好的牛仔得去。牛是敏感的动物,在长远的陌生旅途上,随时会被风吹草动弄得惊逃四散。"惊窜"(stampede)是赶牛者最担心的一件事,它不但可能造成血本无归,也可能把人踩死撞伤。天上的闪电打雷会使牛惊窜,人为地划上一根火柴有时也会造成难以预料的麻烦。

当牛惊逃四窜时,除厨子外,所有的人员都立刻行动。方法是,以最快的方法骑到牛群的带头之前,顺着它们跑,跑上一段,再设法引着它们绕圈子,让分散的牛只渐渐能跟上自己的同类,最后跑累了,它们自然就平息下来。规模大的惊逃,可以跑上四十里路远。也有的惊逃,可以在一个晚上发生十八次。这种惊逃,很难没有人伤亡的。把所有跑散的牛全部集结回来,往往不只一天的时间。同时还会找到被奔牛踩死的同伴,这时,厨子携带的铲子便派上用场了。下一个画面自然是同伴们围着一堆土,各人手上拿着帽子,低头不语几分钟,也只能如此而已了。

一九八六年十二月十八日美洲《中报》刊

美国作家的寂寞感

二十世纪五十年代以来,就有不少欧洲作家指出,美国作家之间显得很疏离,并且美国也少有所谓的"文学地盘"(Literary Colony)。就算有,毕竟稀少又迢迢远隔,不成气候。那时文人汇集的几个比较有名的村镇,约有加州中部海岸的"大舍"(Big Sur)、纽约州的伍德斯托克及新墨西哥州省会圣塔菲。至于大城市中,美国作家也少有显明的咖啡馆逗留习态,这与欧洲的大城如伦敦、巴黎、罗马的文人情况极不相同。单以纽约的咖啡馆来说,便没有比它小得多的巴黎市里的咖啡馆文人相聚的那种盛况。并且在纽约逛咖啡馆的文人比较属于年轻的、波希米亚式的一类。老作家以及扬名立万的大牌作家，皆互相住得极为偏远，甚至住在一些极为不方便的奇怪地区。

当然，在纽约出版商举办的鸡尾酒会里，作家们不时会持杯相见，寒暄一番；但那与欧洲文人每日到同一店中日复一日深谈的故事结构、人物写法的谈论方式是很不一样的。美国作家在乡居自宅中独饮，或独自驱车到小镇上吃一块比萨，或自己一人坐在溪流边钓鱼（尤其是鳟鱼），这种种景象似乎很容易让我们想象得到。

这说的是现代的社交生活。至于说到美国文学中所描述的，这两百年以来的美国小说也恰恰能不谋而合地透露出这寂寞感。

美国小说传统以来就爱描写个人的孤独生活而较少描写人在社会的情形。他们宁愿写人与大自然或人与自己的气力肉搏，而较不愿写人与社会体制抗斗。后期（常是当代）有不少小说与电影虽也讲律师、警察与不良的社会现况竭尽己力做拉锯之争，然一来这笔下社会的构筑并不周全宏伟，二来笔墨也常多加诸在主人公身上（写他的英雄性或他的孤独性，甚至悲剧性或荒谬性），三来也从没有将这作品成为代表性的主流。

有不少的论著说及这"没有社会"的原因；拓荒小说家库柏（James Fenimore Cooper，1789—1851）曾说："在这里，作家没有像欧洲那样丰富的矿源可以采集。没有史料可供给历史家，没有愚行可供给讽刺家，没有仪态可供给戏剧家，没有朦胧迷醉的传说可供给浪漫爱情小说家。"亨利·詹姆斯也在《霍桑评传》中说道："在别的国家有的高度文明之种种措施，在美国生活中一片空白……我们没有欧洲字义下的'州'，几乎没有正式的国家的名字。没有君主，没有法庭，没有个人忠诚，没有贵族，没有教堂，没有教士,没有军队,没有外交,没有乡绅,没有宫殿,没有城堡,没有采邑,没有古老乡野别墅,没有牧师修道房,也没有茅屋草舍,更没有蔓藤爬绕的残垣颓壁;没有宏伟的大学,也没有公立学校——没有牛津、伊顿(Eton)与哈罗(Harrow);没有文学,没有小说,没有博物馆,没有绘画……"刘易斯·芒福德(Lewis Mumford)说:"假如十九世纪显出我们的粗野俗鄙,那不只因为我们移居在新土地之上,更因为我们的心灵没有受到欧洲伟大的往昔记忆所振奋……放逐出来的欧洲人,成为美国人,没有摩西引领,在荒野中彷徨……"至于早在一七八二年,德·克列维可(Hector de Crevecoeur, 1735—1813)就曾写下:"美国社会,不像欧洲是由拥有一切东西的国主所组成,而是由一群没有任何东西的人所组成,这里没有贵族家庭……没有不可见的权力加诸在见得到的人身上……富人与穷人之间没有像欧洲那么大的差距……每个人为他自己工作……我们没有王子让我们去为他干活、挨饿和流血……在这里人就像他应该是的一般自由……"

从美国的立国精神既已能看出这文学中孤独的先天个性,再加上美国作家自己也乐于和勇于去实践这个体孤离自立的生活方式,一如他们作品中的英雄,这便是不得不让欧洲文人看来很感特异的地方了。霍桑将自己隐居在麻州塞勒姆(Salem)古城十二年的孤绝生活,用笔墨化为清教徒的坚忍对罪的种种认知故事。梅尔维尔在《白鲸记》一书里,显示人之邪恶罪孽根植于过分自负与拒绝接纳界限,而他本人也曾多年屈身于纽约海关的职务。福克纳几乎一辈子待在密西西比州的牛津小镇。

美国小说中的人物,有一种史诗、神话的孤绝品质。像库柏笔下的纳蒂·班波(Natty Bumppo),霍桑笔下的海斯特·普里恩（Hester Prynne），梅尔维尔的伊希米尔与阿哈船长，马克·吐温的赫克·芬，菲茨杰拉德的盖茨比，福克纳的苏特本（Sutpen）与裘·克利斯马斯（Joe Christmas），海明威的尼克，塞林格的霍尔顿·考尔菲德（Holden Caulfield）等，都是。

相较之下，英国小说便显出其好究社会之特质，并且究的最多的，是社会中的阶级。

阶级，是英国小说的故事泉源，是作品中人物的最适宜之居停地，吉辛（Gissing）、威尔斯（H.G.Wells）、劳伦斯、奥威尔写的和奥斯汀、萨克雷（Thackeray）、梅瑞狄斯（Meredith）写的，都一样不离阶级，哈特利（L.P. Hartley）与鲍威尔（Anthony Powell）也同样是。

对于阶级制度的感慨，英国作家不只是抗议、针砭，也更逐而渐之去嘲弄探讨以及像玩笑与游戏一般地去沉迷其间并自我娱乐,于是阶级供给英国小说的创作题材,已然进而影响到全国生活上的一种传统。社交上的对话,公共酒馆(pub)、咖啡馆中的闲谈或笑闹,电视上的喜剧或综合滑稽剧等皆受惠于全民对阶级观念之耳熟能详,并且显示英国普遍民众对社会意识之一日不曾稍离。

拍摄一张在伦敦地下铁中乘客苦恼的脸,与一张在纽约地下铁同样苦恼的脸,意义不会一样:观众看见那张英国脸孔,会想他不久下车后去工厂上工时所遇的社会低气压;而观众看美国那张脸孔,想的不会是他的周遭、他的工作或老板,而是他本人的英雄性,他马上要发生的传奇故事(爱与恨),并不是他在社会上的寻常估量。也于是美国主角讲的对白比较是个人的、性命攸关的、天地之间的,而英国主角讲的,则比较是环境上的、家庭与公司上的、都市、公车等地段上的。

森严的社会制度，本就令喜好文化古国风范的子民不厌去谈，英国人和中国人皆有这种国古文深之老大习气，故而谈及往昔钟庙典章，便字带铿锵、句携掌故地娓娓而道。便是英国优良传统的间谍小说与中国脍炙人口的武侠小说，都不能不附提许多社会制度之繁密。

美国小说相较之下，确显简洁得多。但时代愈进展，愈有人感其不足，想在原本简洁的书中天地增加一些复杂的制度，故而写政府的各层各部、写外太空更让人匪夷所思的奇妙世界、写心理精神的原不为人所知的人体奥妙、写自己创设的悬疑推理奇之又奇的探案天地，这种种皆是美国作家想更求跨越"简洁"的努力例子。

在这同时，以中国作品为例，小说却开始写简洁的题材，大多的作家写一些公司中的故事、普通现代小家庭的男女事件，以往像曹雪芹、凌濛初、蒲松龄他们书中那种固有社会复杂典章皆不是他们的着笔重点了；甚至像金庸、高阳作品中的社会风貌，现代的大多小说家也不好此方向矣。

即使美国小说不甚满于简洁题材，简洁仍旧是目前主流作品的一贯面貌，像肯·克西（Ken Kesey）、吉姆·哈里森（Jim Harrison）、托马斯·麦冈安（Thomas McGuane）与雷蒙德·卡佛等人便仍旧承袭美国自拓荒期以来的马克·吐温、海明威等人的小说粗犷传统。假若读者不特要求阅读古典，又不特好于言情、浪漫、侦探、西部等次流作品的话，则一想起美国小说，便会想起充满卡车、钓鱼、伐木、足球赛、客厅电视、货运火车、乡下酒吧、收音机中乡村歌曲、牧场栏栅等景致交杂组成的普通百姓之人情故事。这些故事不容易臻入古时经典之范畴，却能与当时当地的这一代普通民众息息相关，并且作者自己就是过着这种生活，而读者也是。

曾著《飞越布谷鸟巢》与《永不让步》（由保罗·纽曼改拍成电影，自导自演）的小说家肯·克西，本身就住在与《永》书中所写的伐木工人气味相近之区——俄勒冈州。新闻文体的作家汤姆·沃尔夫（Tom Wolfe）说肯·克西"有粗腕厚臂，曲起来时，更显巨大……他有一点像保罗·纽曼，只是肌肉更结实，皮肤更坚厚……"。而僻居于密歇根森林与河流之间的吉姆·哈里森，笔下也多是粗豪阳刚的渔猎题材。他以前做过砌砖工，他的宽肩与厚胸使得某次与影星杰克·尼科尔森同进入某公共场所时，竟被人误认是做保镖的。雷蒙德·卡佛也幽居于西北，被认为是美国当代短篇小说写得最好之一的他，笔下的故事、人物、场景、道具等无一不显出寂寞与单调。卡佛好写居民的看电视生活，几乎篇篇都有，又常用客厅咖啡桌、饭厅餐桌、电话、汽车等道具来交织成美国寻常生活的死寂无望感，加以他用字简练（他也写诗）、造句精短平铺、不爱夹用修饰的形容词、副词，使得他的作品是精粹的短篇小说艺术之最佳实践。

并且上述的作家皆不约而同地经历过严重的酗酒生活，更将这美国的普遍现象身体力行。他们在偏僻家中举起酒杯，大约和巴黎、伦敦的文人在咖啡馆啜饮咖啡一般地自然顺理成章。美国大地之辽阔若要赖各种趣事及活动来填塞而犹自不得充满，则美国小说中的寂寞感必也就汲之于常民生活、认想于同型生活下之作家，而发作在各篇各本的故事中了。

一九八五年八月二十八日《美洲中时》刊

新英格兰日记

一九八七年六月二十七日

剑桥,马萨诸塞州[1]

昨夜睡朗费罗公园(Longfellow Park)旁的车子里面。已有十多天没尝睡车的滋味了。

几天来,借住在朋友波士顿的灯塔山(Beacon Hill)家中,颇看了一些波士顿的老区。后湾(Back Bay)那儿的博伊尔斯顿(Boylston)与纽伯里街(Newbury)逛来有意思,

---

[1] 马萨诸塞洲,英文 Massachusetts。

格局开敞,楼屋古雅。南北向的街名,第一字母以 A、B、C、D 排列,如阿灵顿(Arlington),伯克利(Berkeley)……直到 H。教人好记。

今天看完中午场的《全金属外壳》(*Full Metal Jacket*),天有雨,又回到车子里面。

车窗紧闭,你听不见太多外头嘈杂的声音,只不时传来零零落落的雨打车顶铁皮之叮咚以及充满雨珠滑动的车窗外的景物。这是一辆汽车,但也是一幢房子,有门有窗,在铁皮这一面,是室内;在铁皮另一面,是室外。室内的一切被命定有一些隐私的权利,只需看那些人经过我坐在其中的这辆车,原来谈话声大的,届时自然缩小,当走离车子较远时,才好意思再回复原先的大声。另外那些早已看到有人在车中的,在经过车子时总快步通过。但某一个人的隐私,有时也令别的人担忧及疑虑,譬似去年我在堪萨斯的道奇城夜宿某一教堂停车场的边上，正对着一排住家。有一家人穿着短裤、趿着拖鞋自外像是串完门子回来，发现有人睡在车中，先是全家人回到屋里（屋与我停车处隔着一条街），二十分钟后，男主人出来在我旁边的皮卡车（pickup truck）上检查他的东西，摸摸这里，碰碰那里。我觉得有必要和他打声招呼，减去他任何疑虑，便开门和他说话，我站在地上，即使赤着脚，也要让他清楚看到我，希望他看得出他身前之人不像逃狱的，不像抢匪，甚至不像一个嬉皮。我和他聊了几句，意思不外是告诉他我想在车中略事停靠个三五小时，稍养足精神就又要赶路。他说最好的方法是找一个汽车旅馆。他说时有点像自说自话，并没有注意我对此事的看法。我说我谢谢他种种介绍，也感激他的不介意我在此停留个把钟头，不久他就进去了。十五分钟后，有车灯在我后面闪起，当然，是警车。警察要了我的驾照，然后回到他车中经由无线电查我的记录。他查时我故意站出车外,也让他在黑夜中清楚看到我。查完,还回我驾照,并说,如果你确实无意睡汽车旅馆,最好睡布特山博物馆(Boot Hill Museum)前的停车场,因为这是教堂的私产,而刚才有人抱怨。

当然,抱怨的人总是和适才那人有些关系。那个人他还是放心不下。

放心不下,疑虑,是造成许多行动的可能动力。这个人若怀疑我太多,取了枪来与我交涉,亦不是没有可能。那时我还没看《逍遥骑士》那部电影,但这次,两星期前,我在纽约朋友家看了这片子的录影带,才知《逍遥骑士》这两人最后是被南方的"红脖子"(red neck)[1]开霰弹枪(shot gun)在乡下公路上活活打死的。

---

[1] 美国南方乡下白人。

在车中既有隐私，于是你稍坐之后，便开始有你自己的世界出现，有时你自言自语，有时你把车钥匙向反时针方向转，使车子发了电，让音乐自收音机中出来，而你按音乐的节拍，坐在车中跳局促的舞——摇头摆动肩膀而已。而我现在正做的事情——写下这些——也是在车中。而半小时前，我在收拾落在、附在车座位上的头发，且想想，这件工作若不是在自我的隐私之时，如何会想到去做呢？

在萨默维尔（Somerville），今天傍晚在吃晚饭前及后，共看到三辆老式的萨博旅行车（SAAB station wagon）。我从来没见过这型汽车，而今天一口气看了三辆，并且都在萨默维尔这个波士顿郊区。这的确太出奇了。我必须要查访一下，我去问了这个车主，他正把车在波特广场（Porter Square）的星星购物中心（Star Shopping Center）前停下。

他说喜欢保存这种车的人通常有些古怪,而萨默维尔可能刚好这种人挺多的。又一个原因:在萨默维尔有一个零件店(并不是每个城都方便买老萨博车的零件)。

他的车是一九七二年的,型号叫 95。这款型号大概自二十世纪六十年代就已生产了。

六月二十八日
诺斯菲尔德[1],马萨诸塞州

离波士顿,向西北走,照美国汽车协会(AAA)地图看,竟只有 119 号公路是有景(scenic)路线,于是便往那而行,顺便经过莱克辛顿与康科德。119 号,算是好风景吗?我怎么不觉得。美国汽车协会地图对于风景的定义,常常

---

1 诺斯菲尔德,英文 Northfield。

与我不怎么一样。我的目的地是佛蒙特的布拉特尔伯勒（Brattleboro），只要是西北向，终归是不错。但我不急着去，中途哪里可以停停玩玩，便就玩它一阵吧。

在格罗顿（Groton）与汤森德（Townsend）之间的119号公路上，有一辆车跟在我后面，跟了一段路后，他突然亮起蓝色的灯，原来他是警察（但似乎开的不是普通型式的警车），我停下，他要看我的驾照，妈的，奇怪这种事近来也真多。在华盛顿至纽约之间的N.J.Turnpike（收费公路）上遇见的条子，是或许因为我头发长，但这次却是为何。查了五分钟（取我驾照，回他车上查），没事，还给我。

在阿什比（Ashby），停在一个公理会（Congregational Church）门口，因为在路边看见有招牌说有草莓饼干（strawberry shortcake），我想略略进食；但进去后，买了七本旧书，只要一点一五美元，而一份饼干却要二点五美元，这是我旅行中本不会花下的零食预算。

七本书中，有三本是讲：一、树；二、矿石、宝石；三、野生动物。

新英格兰的教堂真多，但小巧，不难看，而且皆是尖顶。奥逊·威尔斯自导自演的《陌生人》(*The Stranger*)，教堂是小镇的中心。那种小镇，好像每一家门都不锁的，你可以随时走进某人家中，他们会邀你坐下喝一杯咖啡、吃一块三明治什么的。《陌生人》讲的是二十世纪四十年代的康涅狄格州，但新英格兰即使今日看来仍像是很多家庭不锁门的。

在新罕布什尔州的温彻斯特（Winchester, N.H.），看见一辆皮卡车后的贴条上写：I Hunt Black and Tans.

美国人似乎乐意用公众空间写下自己心中的念头。有时甚至说出一些不怎么友善的想法。莫非他平日很受制抑？或他太疏离、没法碰上人宣吐？或者只是他习于先 chicken,

再设法找另外机会（有时还匿名，如涂鸦）偷偷表露？

六月二十九日
布拉特尔伯勒，佛蒙特州

从诺斯菲尔德走 63 号公路向北至新罕布什尔州的欣斯代尔，风景极佳，并且路上只有我一部车。

所谓乡村道路（backroad），真是给汽车国家才有的字眼。那是汽车走上这种路时有一点想轻手轻脚的感觉。但它即使如此，仍不是给脚踏车或行人走的，仍是设计给汽车开的。

汽车，不同于步行与脚踏车，它比较团体；车上可以载人，可以聊天，可以和收音机为伴。

新英格兰（New England）一路上见到许多家门口悬着美国国旗。当然七月四日快到了是一原因，另外有些家庭根本一年四季就挂着它（我特别向一对开街角杂货店的老夫妇问探了好一会儿），可见这地方有些人很讲爱国这回事。

到了布拉特尔伯勒，在 49 Flat St. 是一家杂货店，叫布拉特尔伯勒食物合作社（Brattleboro Food Co-op），是嬉皮观念下成立的合作社式杂货店。采会员制，作为会员的，买东西比非会员要便宜百分之二十，而其义务只是：

一、出席每月两次的集会，每次一小时。

二、付几十美元的押金，押金数目约等于你一星期在此买菜的钱，二十美元、三十美元皆可能。当你决定退出这杂货店时，押金会在三十天后寄还给你。

三、参加一些轻微的工作（例如切奶酪），这工作约是每三个月有四小时要做。

布拉特尔伯勒是当年有名的嬉皮城，所以有布拉特尔伯勒食物合作社这种合作市场。

once upon a highway so long

　　我在这合作商店（Co-op）中稍微一逛，看见 Perrier 矿泉水（巴黎水），大瓶售一点零九美元，比波士顿灯塔山区查尔斯街上的 j. Bildner & Sons 的九十九美分要贵十美分。但它的 Poland Spring（波兰泉）只售六十九美分，比 Bildner 的八十九美分却便宜二十美分，可能缅因州出产的东西在佛蒙特州比在马萨诸塞州要便宜些吧。

　　食品合作商店的告示牌上贴的有：

> Professional Couple Seeks rural Home

> 2 Rooms Available in Leverett, Mass. off Rt.63

> Looking for Ride to NYC
> Elysse 2571939 2549174

> Red Clover Farm needs more basil pickers on its crew

> '74　Dodge Van for Sale ＄600
> Mobile Home 12'×60' 3BR ＄6000

在25 Eliot St.是嬉皮共餐式的大食堂形式的Common Ground餐馆，桌椅多是长条形的。不供糖，若要咖啡甜，只能加蜂蜜。禁烟。食物也很另类（alternative），几乎近于吃素的感觉。

二十世纪六十年代，布拉特尔伯勒被称为是新英格兰的嬉皮名城，今日路上已无太多嬉皮气味，但Common Ground的餐客中仍保有不少。当年，它的近郊，以及稍北的帕特尼，散布着不少"公社"，乃农庄多也。

Common Ground 餐馆的告示牌贴的是：

> Bedroom Available, 3.5 miles from Brattleboro, $ 190
>
> For Sale: Large Wood Stove

> '73 Volvo Wagon for Sale $ 1000

六月三十日
诺斯菲尔德，马萨诸塞州

向北走 63 号公路，到了与新罕布什尔州的交界处，是一个汽车露天（Drive-In）电影院，就叫诺斯菲尔德汽车影院，进口牌子上写"将频道调至 AM 540"，是告诉人用车上收音机的频道的。再进去，就是广场，场中有一根根的铁柱,柱上是扩音器,你可以取下放进车中,然后听声音。

汽车电影院在美国已然没落,在新英格兰竟然有,诚不简单,此处冬季那么长。

诺斯菲尔德汽车电影院在周末(五、六、日三个晚上)放的片子是《厄内斯特去露营》(*Ernie Goes to Camp*)与《金钱本色》(*Color of Money*),票价是四美元,一次两片。把车停进这里,下午,雨过天晴,坐在车中看着这个长方形大银幕,一种说不出的美感。

空旷,奇怪,教人放松。就差一点没睡他一场午觉了。

再发动,开到对面一个农民市场,叫5英亩农场(5 Acre Farm),专卖新鲜水果蔬菜,很大的一个农场,有大的谷仓,有大片菜园,有花房。若在周末有许多人来采购,相信景观会壮丽。

到诺斯菲尔德市政厅(Northfield Town Hall)去索了

一份资料，才知道我现在住的青年旅舍是美国第一个青年旅舍，成立于一九三四年。

这个私立高中名为 Northfield Mount Hermon School（赫门山高中），成立于一八七九年。现在世界各国有学子来此就学，包括从中国台湾、中国香港地区过来的，须知这只是高中，一年的花费要一万四千美元，要住校，也包吃，晚上仍有自修课，所以很紧凑，师资也丰富。

赫门山青年旅舍（Mount Hermon Youth Hostel）住的人极少，我自己一人一间，且是阁楼，颇舒服。在楼下客厅稍坐，似听到熟悉的语言，原来有一个台湾来的妈妈，来此探她就读此校的小孩。

诺斯菲尔德，马萨诸塞州的人口统计：

2337 人	1955 年
2412 人	1965 年
2457 人	1975 年
2386 人	1980 年

Area: 40. 32 sq. miles.[1]

从新罕布什尔州境一进入马萨诸塞州境，在63号公路上，正要到5英亩农场前，有一个指示牌：

> Massachusetts
> Gun Law
> Violation
> Mandatory One Year
> Jail Sentence

---

[1] 面积：40.32平方英里。

去看那关闭的桥。它是连接西诺斯菲尔德（West Northfield）与诺斯菲尔德的，但已封锁不用了。桥下是康涅狄格河。

到伯纳兹顿（Bernardston）吃晚饭。开车六里。

七月一日
格林菲尔德，马萨诸塞州

格林菲尔德（Greenfield），不知是何等样的城镇；它大可不用装设路上的停车码表（meter），因路边的位子太多，但它还是装了。其观念是，你既然停车，就须付钱，哪怕是极少的钱。

它的停车费：

十二分钟　一美分

六十分钟　五美分

两小时　十美分

哇，多么奇特又便宜的计价方式！

试想，去码表里收钱时，会收到一美分（penny），这在美国各城市里，大概不会超过十个。

格林菲尔德有这么小吗？照说不很小。倘很小，根本不会设码表。稍南的迪尔菲尔德便真是小，可以想象二百年前它仍是村庄的样子。

在学校路（School St.）上一家海鲜速简快餐店 Pete's 吃了炸鱼三明治，喝了一瓶喜力啤酒（Heineken），和电影《蓝丝绒》（*Blue Velvet*）学的，一星期来第一瓶啤酒。

至马萨诸塞州的伯纳兹顿，在旧书店买了四本书，计六点三美元。其中有一本《生活在墨西哥》（*Life in Mexico*），另一本是普莱斯考特（Prescott）的《征服秘鲁和墨西哥》（*Conquest of Mexico & Peru*），这书店叫伯纳兹顿书店（Bernardston Books），在5号公路上。像是一幢大谷仓，在此逛书店颇富农家意趣。又书极廉，大多的精装书一美元便可买到。

准确地址是 503 South St.

电话 413-648-9864

老板 A.L.Fullerton

南南北北开来开去，皆在5号公路上，好像行走在自家门前小路上一般。新英格兰公路上车子极少，开车随时都像在兜风。

在格林菲尔德逛完后，回到诺斯菲尔德的 Rua's 饭馆，叫了一杯咖啡，又碰到富乐顿（Fullerton）夫妇在此吃饭，真巧。

格林菲尔德的 WRSI FM 95.3，这电台的节目是我离开波士顿以后一直听的。很喜欢。有布鲁斯（Blues），有摇滚乐（Rock & Roll），半放新的，半放旧的。

苏珊·薇格（Suzanne Vega）的新歌我在这台听过两三次。

七月二日
帕特尼[1]，佛蒙特州

在 Putney Fruit Co. Cafe 坐下来喝了一杯生啤酒 George Killian's Irish Red。这店叫"水果公司"，事实上是酒吧，约翰·欧文（John Irving）以前在此闲晃，成名前。现在当然搬到纽约了。以前的酒店叫 Wally's，近三年前才改成

1　帕特尼，英文 Putney。

Putney Fruit Co. Cafe，乃二十世纪初原来这幢房子便是水果公司。这家酒吧听的音乐也是 WRSI FM 95.3。我坐了超过半小时，啤酒只喝了一半；吧台后的女酒保说："This is the longest beer I've ever seen."[1]

到 Brattleboro Retreat 去参观。因为从图片上看，它的建筑不错，又濒临河边，景色宜人。

如今很多人用它来戒酒、戒毒。花费绝对很贵，当然有的是保险公司付的。还有就是心理治疗，我扫射了一眼费用，八十五美元一小时。

离开布拉特尔伯勒前，在 1786 帕特尼路（Putney Rd.）的加油站，换了机油，十二点八八美元。

---

[1] 意为"这是我见过喝得最久的啤酒"。

七月四日
汉诺威[1]，新罕布什尔州

美国国庆。白天在佛蒙特州伍德斯托克看手工艺品展（craftshow）。本打算晚上也在同一地点看烟火的，结果听了法裔加拿大民间音乐（French Canadian Folk Music）后，决定晚上留在汉诺威。

在汉诺威的足球场上看烟火，全镇的人看来都到齐了。

二〇〇六年九月号《联合文学》刊

---

1 汉诺威，英文 Hanover。

南方"红脖子"

一九六九年的电影《逍遥骑士》片尾,丹尼斯·霍伯(Dennis Hopper)与彼德·方达(Peter Fonda)两人在南方公路上,被一辆皮卡车上的人见到他们的奇装长发及怪形摩托车,于是从车座上方的架子上取下霰弹枪,砰的一响,将他们打死。

卡车上的这两人,被称为"红脖子"。

从欧洲来美国旅行的年轻游子,当住在青年旅舍中被问及下一站要往何处,答以"欲南下"时,旁边人皆会叫他"当心'红脖子',南方很多,他们是很奇怪的一种人"。

"红脖子"三字,在十九世纪三十年代时出现,原指农民或户外劳工这等有着被南方烈日晒得很红的颈子之人。后来通称贫穷的、乡野土气的南方白人。

注意,"红脖子"必须是白人,且较倾向是盎格鲁撒克逊(如英格兰、苏格兰、爱尔兰)种的白人,而比较少包含犹太人、意大利人等。这类白人,南方以外亦很多,美国人自己也称他们为"白种垃圾"(white trash),稍微温和的字则是"贫穷白人"(poor white)。

"红脖子"之所以被人特别指出,主要在于其特殊典型,而这特殊典型是为数极多的民众尽皆具备,并行之于南方、发展于南方而使之益发坚固的一种狭隘、固执、对外界不求了解又不敢沟通等之封闭性格。譬如你在南方开着车,在一个便利商店(convenience store,如 7-Eleven 或 Stop & Shop 之类)门口停下,突然一辆皮卡车也停进来,下来两个人(他们很喜结伴,哥儿们调调很重),他们可以穿牛仔裤、马靴、西部帽,也可以穿连身工装裤、工作鞋,戴棒球帽,下车时一甩门,没锁,车窗玻璃也是开着的,就进店去了。驾驶舱座位的后上方架着长枪,就这么露着。你进店里买香烟,看见他们买的是嚼烟(chewing tabacco),他们把铁盒打开,用食指伸进一挖,再往口里一送;因此他们称吃嚼烟叫 dip Skoal[1]。他们喜欢和店员聊个几句,尤其是店员与他们稍稍认识的话;他们操着很重的口音,南方口音,在好些转折及结尾时特别拉得长长的,动词时式不很讲究,常常用一些过时的字眼,给人一种故作正经的感觉,而事实上完全没讲出任何事来(因为他们啥事也没)。还有,他们喜欢用双重否定来表示单一否定,如说:

---

[1] Skoal 是嚼烟中名牌,一如纸烟中万宝路(Marlboro)的地位。

"I don't see no one."[1] 或 "You ain't going nowhere."[2] 他们与店员闲扯几句,看见你拿了东西要结账,自然停下来让店员接待你,这时他们可能站着就这么盯着你看,不见得有恶意,但就是这么毫无遮掩地看着你,像是看一种外太空的奇特物种一般,不去考虑也不懂考虑什么礼貌不礼貌。当然他对你感到好奇,若你开口也讲流利英语,他自然习惯得很;若他表示热心问你要去哪里,而你又不懂英文,或以不屑的态度回答他,那么事态很可能变得麻烦也不一定。

一般而言,南方是落后贫穷的区域,于是许多古老的风俗习惯一直封闭地保存下来。"红脖子"这种文化性格的

---

[1] 意为"我谁也没看到"。

[2] 意为"你哪也别想去"。

积聚成形,也一直不易改变。即使他们自己知道别人对他们的看法,他们也不改变,并且也不同意。而他们对外界的文化,完全没有兴趣,也缺乏认识;他们不但有地理上的封闭,也有人格上的封闭倾向,这是太过对古老南方的笃信与仰赖,太过保守于昔日老祖宗设定下的生活形态与社会格局。

电影或电视喜欢凸显"红脖子"的形象,但不少"红脖子"在生活上,的确很富电影意趣。例如他们很生理化,吃完饭摸摸肚子,打几个嗝,的确是他们的动作(虽然各类人皆常如此)。"红脖子"身上痒时,他的生理反应是抓,不管当时这痒是在哪里,或是他自己是在哪里。他对女人,也用强烈的方式来表达他的反应,大声怪叫、脱帽丢出、拍手跺脚皆可能,这类动作不只是他自然会做,很巧地,他的周遭也正好允许他做。

酒，总是被拿来与"红脖子"相提并论。他们爱喝威士忌及波本（bourbon）。即使他自己所住之镇是一个禁酒镇，他会开到三十里外去喝。通常他进的酒吧，是下级的、门面不佳的、廉价的，可以称作下等酒馆（honky-tonk）的那种。里头的音乐，当然是乡村音乐或"红脖子摇滚"（redneck rock & roll），例如CCR合唱团的《骄傲玛莉》（*Proud Mary*）绝对受他们喜欢。威利·尼尔逊（Willie Nelson）的长发他们或许不满意，但他的粗犷长相，及他的歌是"红脖子"们很感亲近的。若有一首歌，歌名叫《如果你有钱，我就有时间》（*If You've Got the Money, I've Got the Time*），"红脖子"一听，先天上就已经想会喜欢了。

有人观察过，"红脖子"从不滑雪。这点极为有趣。不知是因为滑雪太过"文明"，或太过昂贵（滑雪胜地常是度假高消费区），或太过循序渐进需要耐心？事实上很多运动

"红脖子"都不来的。在传统的农业社会里,每天劳力已花得太多,再去用在运动上,委实太过"奢侈"。但有一种运动,他们做,那便是保龄球(bowling)。有时你可以在有些加油站的办公室墙上看见一个贴条:"保龄——酒徒的运动"(Bowling-A Drinking Man's Sport)。保龄球馆,说来奇怪,既有一种平民化的气氛,又有一种可以把它想成"有点高级"的况味,于是它正巧被"红脖子"所喜欢上。"红脖子"往往两对夫妻一同赴保龄球馆,两方可以比赛。在这里,既可以运动出力,又可以笑闹比输争赢,还可以喝东西(有时是酒),确实是符合"红脖子"们文化的社交场合。

"红脖子"的女人,也反映出相当的同类气质:她们右手夹着香烟,一边还要用大拇指扭开小皮包找零钱,而同时左手拿着的公用电话正传来接线生要她再投五美分,这种慌乱之下,她的烟还是夹得很紧,不时举到嘴边吸上一口,不吸时,她的口香糖一径嚼得轧轧响。

她们有一种乡下气中透出的一股派头,或者说一种很泥土气、很粗俗的矜持尊贵。她们常常头上还戴着塑胶发卷就到了公共场所。事实上,有很长一段时光全美(不仅是南方)的女士都不免有戴着发卷便到了家门外的现象。这是美国这个轻松安详悠悠大地自然流溢出的巨力,致极多极多情态松闲之妇女到处呈现其慵懒的一面,家内家外她皆是一般的放松。上海妇女穿着睡衣上菜场这种现象只能说是类似情态之初级班罢了。

至于吃饭,"红脖子"吃很多粗劣及油腻食物,如玉米糕(corn bread)、炸鸡、猪排(油炸的)、烤肉及小米(grits),煮成水嗒嗒的,调以牛油,便这么吃。他们也吃蔬菜,但吃的是粗菜,像萝卜叶,有时喜欢与猪肉同煮。"红脖子"是绝对的种族主义者,他们绝对不喜欢黑人,但对于黑人吃的灵魂菜（soul food），有时也会越界去尝一尝。灵魂菜中的炸鱼、烧烤（barbecue），他可能不介意吃；猪肠嘛，他或许还未必懂得欣赏。

连锁快餐店兴起后，由于有些店开得宽大光亮，"红脖子"们有时以进一家阿比斯（Arby's）或哈迪斯这样的速食店当作他们周六晚的高级节目。"高级"，如同他们对保龄球馆之感受。

有一些名字，似乎特别受到"红脖子"们的独钟。男人常起名叫布巴（Bubba）、斯利克（Slick）、艾斯（Ace）、鲁斯狄（Rusty）等这类几乎不太正式的名字，或一些古风却今日听来稍显造作之名，如梅尔文（Melvin）、勒罗伊（Leroy）、阿尔文（Alvin）等，再就是他们用头一字母做代号，有一种部队感或帮中规格型号感，如 T. J., L.W, 等等。

女人的名字也极富特色。她们喜欢双名，像比利金（Billy Jean）、露安（Lou Ann）、佩吉·乔（Peggy Joe）、苏·埃伦（Sue Ellen）、拉婉达·凯（Lawanda Kay）等这些极具乡村情趣名字；这些名字在农庄上呼叫倒是完全不会不自然，像一个妈妈开口叫唤："佩吉·乔，帮我把那篮四季豆拿到厨房来好吗？"确很得宜，但是她在纽约曼哈顿的金融公司同事唤她佩吉·乔还真有点怪怪的味道。另外她们喜欢的名字是洛蕾塔（Loretta）、金妮（Ginny）、拉贝尔（LaBelle）、梅维丝（Mavis）、弗洛（Flo）、罗丝（Rose）等极富南方气的名字。再就是她们有太多的乔蒂（Jodie）、博比（Bobbie）、比莉（Billie），甚至有乔尼（Johnnie）等有时让人分不清是男是女的名字。

男子汉气概、爱国心，这些皆是南方封闭下的"红脖子"们自然因袭的固有品质，于是他爱枪，同时爱皮卡；即使他甚少打猎及搬货。可以说，拓荒居民是"红脖子"

的远方祖先；因此当一个现代的"红脖子"举起长枪，眼前的情势似乎立刻上溯到南北战争时的战场或是在草莱未辟的山林里瞄准野兽之刹那。二十世纪七十年代初的电影《激流四勇士》(*Deliverance*)，山上两个"红脖子"，在森林中随时扛着他们的枪，见到外地人来此急流泛舟，也矢意将他们当成猎物，擒住其中一人，便要予以鸡奸。这已是山里野蛮人之举了。

皮卡，尤其是装有枪架的皮卡，是标准的"红脖子"意象。他们迷上这种形式的车，不只是便于他们农工上的使用，大约也有些拓荒时代篷车的遗绪吧。有些人为了强化卡车的威力感，还把车子架高、车轮加大，这样开在路上，有一点像把农庄上的曳引机开出田里一样。

"红脖子"喜欢在前院修他的车。有时车引擎一吊起就吊在树干上好一阵子，几星期或甚至几个月他也不管。你开车经过有些南方住宅区不时会见着这种景象。这种景象最能打击当地房地产市场的意愿。

"红脖子"是一种性格类型,并不只在于某些职业里。他可以在任何营生之中。例如一个警察,可以是一个"红脖子"警察(redneck cop),他的正义感可以受他的"红脖子"文化观念所引导。另外像"红脖子"厨子,"红脖子"卡车司机,"红脖子"灰狗驾驶员,"红脖子"汽车旅馆老板,"红脖子"摇滚歌手等皆可,并非只有"红脖子"农夫或"红脖子"粗活工人而已。也于是在南方公路上被"红脖子"警察拦下,有时情况不一定比遇上"红脖子"农夫要好。

电影《密西西比在燃烧》(*Mississippi Burning*)中的南方警察,在二十世纪六十年代民权运动方兴之时,杀人也做得出手。五十年代,欧洲来的摄影大师罗伯特·弗兰克

（Robert Frank）开车在阿肯色州时，被警察拦下，关进警察局里，查问他是否是共产党。为的是他的汽车牌照是纽约州的，并且他"头发没剪、胡子没刮、需要洗澡"。

欧洲来的游子，坐在灰狗最后三排准许吸烟区里，听着司机操着好笑的南方口音，谈笑风生，以为拿起大麻熏上一根没什么关系，没想到司机真闻到了不说，还将之送到警局。硬是这么坚持原则，硬是这么疾恶如仇。

"红脖子"三字，被外界人援用，往往呈示出他的危险性。假如他比较"上道"，除了爱国心与对南方的愚忠及传统的保守价值观之外，他还能知书尚礼，驯化粗野，那么他就晋级成为"好儿郎"（good ole boy）。

good ole boy 这词，直译大约是"好儿郎"。若再传神一点，或许以昔日中国北方的"好样的"相译，得更贴近。

美国前总统吉米·卡特的哥哥比利·卡特（Billy

Carter），除了是花生农，又是加油站老板外，还自认是一个"好样的"。他说，一个好儿郎，是开着皮卡到处绕，喝啤酒，喝完后把罐子丢进袋子里。而一个"红脖子"，是开着皮卡到处绕，喝啤酒，喝完后顺手把罐子扔出车窗外。

一九九〇年六月一日《中时晚报》刊

得州如此之大，竟然选走的一条路，会经过一个叫 China 的小镇。买了一张空白明信片，盖上邮戳，以志来过。

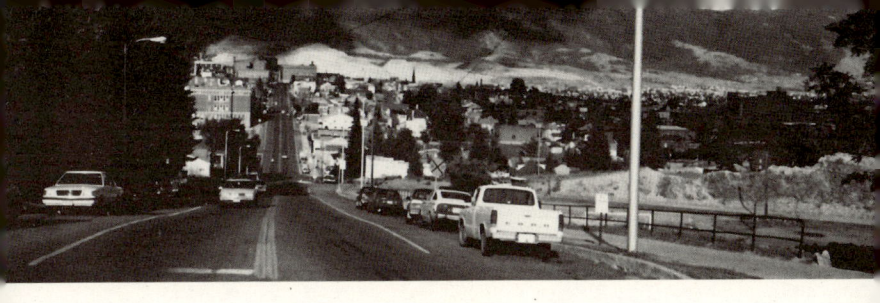

附录

once upon
a highway so long

硬派旅行文学

文/詹宏志

在阅读多达一百多篇的"长荣寰宇文学奖"决审作品时,我发现我自己不自觉地在寻找某种作品,那是一种"老练旅行者的声音"(vintage traveler's voice)。

就像那些伟大的旅行作品一样,那里头有一种沧桑世故的味道,也许他所见的世界已多,奇景妙观未必能引起他的赞叹,他的身影走在一般人不易也不愿行走之地,因而显得特别巨大或特别渺小。他的作品本身应当是纪实的,不错,这正是旅行文学的根本,不然岂不是变成了《格列佛游记》?或者成了"漫天大谎"的《福尔摩斯》?作品也应有经验转化成思考的层面,不然和公式般的船长日记或飞行记录又何以别?

我想象中有两种旅行文学作品,一种也许可以称为"硬派旅行文学"(hard-core travel narrative),像是当今最后的伟大探险家威福瑞·塞西格(Wilfred Thesiger)的作品,或者像是最近台湾有译本的《阿拉斯加之死》(Into the Wild)的作者乔恩·克拉考尔(Jon Krakauer),他们的文学之所以伟大,是因为先有了伟大的旅行。另一种也许我们可以称为"软派旅行文学",它以叙事文学为主,但叙事中包含了一场引人深思的旅行,这场旅行也许没有那么超凡入圣,但观察本身却见人所未见,旅行家简·莫里斯(Jan Morris)或是最近红遍英语世界的比尔·布莱森(Bill Bryson),可算是这样的作品。

不管是出生入死的搏命旅行文学,还是内敛深刻的异

once upon a highway so long

世界反省者，他们的旅行其实都不轻松，都不是休闲（以便能投入再生产）或寻欢（不管哪一种）的观光客之旅，他们大都是意志坚定的寻觅者，追求内在或外在答案的人。

怀着这样的想象，当我读着这些决审作品时，委实吃了一惊，因为台湾的旅行文学还不是这种面貌，作品中还有很大的比例是来自参加旅行团的观光客，就算中间有若干自助旅行者，他们对旅行的了解和体会显然也才起步。我想了一想也就释然，台湾海禁初开，旅行者也才开始摸索呢，旅行文学杰作的译介也才萌芽，初期的创作文学稚嫩好笑，又何足病？如果我们看到这一百多篇文章所覆盖的地理范围之广，岂不是又令人对未来的旅行叙述充满着期待。

用这个观点来读这次的得奖作品《遥远的公路》，就觉得加倍的珍贵，因为这篇作品鹤立鸡群般地成熟，完全是

once upon a highway so long

一位老练的旅行者的声音;作者显然见闻已多,深知"在路上"的滋味,他不是一个初入大观园的猎奇者,相反的,他知道的东西太多,却说得很少,处处流露出意溢于言的低调来。

这篇文章有着"公路电影"式的景观和意趣,一位驾驶人,显然已经在美国大平原的公路上奔驰了数千里,地点虽然不断更新,所有的事物却已经重复了又重复,他仍然可以有新发现和新体会,但更多的是归纳式的理解。所谓美国,无非是一个老式的橡木卡座;所谓美国,是一条不断延伸不断变换景观的公路;或者所谓美国,只是有着一条叫主街的小镇。这种化约式的感受,也许只有投资了青春在旅行,投资了力气在流浪的人才能取得。而他的体会,已与蜻蜓点水的观光客完全不同。当我读到作者说:"常常几千里奔驰下来,只是发现自己停歇在一处荒弃的所在。"这就是我想象的一种老练的旅行者声音。

在中国台湾这样新开启的旅行文学时代里,为什么会单独出现一位格外成熟的旅行者?理由可能不容易追究,但有着这样的作品,离我想象的硬派旅行文学作品,大约是不远了。

本文刊于一九九八年九月号中国台湾《联合文学》,为作者担任第一届"长荣寰宇文学奖"所撰决审意见

图书在版编目（CIP）数据

遥远的公路 / 舒国治著. -- 北京：中国友谊出版公司，2024.5
ISBN 978-7-5057-5446-1

Ⅰ.①遥… Ⅱ.①舒… Ⅲ.①散文集 – 中国 – 当代 Ⅳ.①I267

中国版本图书馆CIP数据核字（2022）第060048号

著作权合同登记号　图字：01-2023-3391

本著作物经北京时代墨客文化传媒有限公司代理，由作者舒国治独家授权，在中国大陆出版、发行中文简体字版本。

书名	遥远的公路
作者	舒国治
出版	中国友谊出版公司
发行	中国友谊出版公司
经销	北京时代华语国际传媒股份有限公司　010-83670231
印刷	北京盛通印刷股份有限公司
规格	787毫米 × 1092毫米　32开 6.25印张　70千字
版次	2024年5月第1版
印次	2024年5月第1次印刷
书号	ISBN 978-7-5057-5446-1
定价	68.00元
地址	北京市朝阳区西坝河南里17号楼
邮编	100028
电话	（010）64678009